KB209889

저자 최재홍

배려가 세상을 바꾼다 2

험한 세상에 가슴으로 전하는 메시지

청어

배려가 세상을 바꾼다 2
– 험한 세상에 가슴으로 전하는 메시지

저자 최재홍

프롤로그

"다시는 책을 출간하지 않을 것이다."

그런 건방진 생각을 했었는데, 이렇게 다시 책을 내게 되었다.

전작이 뭔가 부족하다고 느끼고 못다 한 이야기가 남은 것도 사실이지만, 무엇보다 독자들의 성원을 외면하지 못한 까닭이다. 성원을 아끼지 않으신 독자 제위께 우선 감사의 말씀을 드린다.

세상에 꼭 해야만 될 이야기를 책으로 엮었다. 이 책은 자기계발서라기보단 '국민계발서'라고 힘주어 말하고 싶다.

우리나라가 선진국이 되었단다. 60여 년 전만 해도 세상 최빈국이었던 대한민국이 말이다. 하지만 아직도 선진국이라 불리기는 부끄러운 그 무언가가 아쉬워 그것을 갈구하는 심정으로 글을 썼다.

선진국이라면 선진의 정치가 있어야 하고 선진의식의 국민이 있어야 하는데, 정치의 선진화는 그들만의 일이라 무시하더라도, 국민 의식의 선진화는 우리가 꼭 이루어야만 하는 것이다.

쉽지 않다고 생각할 수 있겠지만 충분히 이룰 수 있는 일이다. 우리의 의식을 한 발짝만 앞으로 내디딜 수 있다면, 정치의 선진화까지도 이끌어낼 수 있으리라 믿는다.

그 시작은 나부터이다. 나 한 사람의 생각을 조금만 바꾼다면, 또 그렇게 행동한다면 세상을 바꾸는 일도 어려운 일은 아니다.

그 중심이 '배려'이다.

배려를 말하면 일본이 떠오른다. 그래서 싫어하시는 독자분도 계시겠지만, 싫어하고 미워하기에 앞서 배울 건 배워야 한다.

사실 이제 우리가 일본에 뒤질 일은 별로 없다. 정치가 선진화되지 않은 것은 일본도 마찬가지다. 하지만 그들은 영원히 선진국일 수밖에 없다. 배려가 가슴속 깊이 내재된 그들의 의식 때문이다.

일본을 무조건 따라 하듯이 배우자는 말이 아니다. 우리가 예전부터 모르지 않았던 것을 실천하자는 것이다. 알고 있으면서 행하지 않았던 일을 행하자는 것뿐이다. 일본은 되고 우리는 안될 이유는 없다. 우리에게 부족한 이 조그만 것들만 실천한다면 우리는 일본을 넘어 세계에서 으뜸가는 나라가 될 것이라 확신한다.

이 책에서는 배려뿐만 아니라 '진실, 정의, 긍정의 힘' 등 전작에서도 다루었지만 조금 미흡했던 부분들을 추가로 엮었다. 꼭 필요하지만, 우리에게 다소 부족한 것들이기 때문이다.

인생 칠십 년 가까이 살면서 해외여행 한 번 못 해보았다. 그래서 식견과 지식이 부족하지만, 우리 대한민국만큼은 누구보다 사랑한다고 자부하는 사람이다. 그래서 우리 국민의 정서는 그나마 알고 있다고 생각해서 글을 썼다.

사람에 따라 듣기 싫은 이야기일 수도 있지만, 최선을 생각하고 진심으로 글을 썼다는 점을 꼭 말씀드리고 싶다.

마지막으로 부족한 제 전작을 베스트셀러로 취급하고 진열해 주신 김해 오복당서점 점주님, 좋은 책이라 적극적으로 지인들에게 추천해 주신 부산영도 교양당서점 점주님, 늘 편안한 말씀으로 잘될 거라 격려해 주신 부산금정 목민서관 점주님, 친절하신 마산중리 회왕서점 점주님, 그리고 관계자 여러분께 감사드린다. 또한 이 책을 출간하기까지 물심양면으로 도와주신 허문, 박준수 선배님과 후배 구두근, 정영진 군에게도 깊은 감사의 말씀을 드린다.

제 전작을 구입하고 구독해 주신 독자분들께도 다시 한번 감사의 말씀을 드린다. 새로 내는 이 책을 읽으시는 분들이 심신의 위안을 받고 생의 조그만 응원이 되기를 진심으로 기원하면서, 시작의 인사를 갈음한다.

차례

어떻게 살 것인가

도덕성 회복이 먼저다

우리의 자화상
그래도 희망을 이야기하며

어떻게 살 것인가

차를 만나다

운전면허를 따고부터 제법 오랜 기간 다양한 종류의 차를 보유했었지만…

이제는 없으면 안 되는 절박한 상황이다. 차 없이 할 수 있는 일이 제한된 현실이 안타깝다.

재력이 되지 않아 최소한의 돈으로 사야겠는데 쉽지 않다. 그나마 다행인 것은 내가 차에 대해 약간의 지식이 있기에 나름대로 꼼꼼히 살펴볼 요량이다.

중고상 두 군데 정도에서 보여주는 차는 하자가 상당히 많다. 시운전을 해봐도 분명 심각한 하자인데, 직원은 괜찮다면서 이것저것 좋은 점만 이야기한다.

사람의 생명을 좌우할 수도 있는 차를 그런 식으로 팔다니…

마지막으로 본다는 심정으로 한곳을 더 들러보았는데 직원이

대뜸 "그 돈으로 큰 기대는 하지 마시라" 한다. 당연히 많은 기대는 하지 않고 큰 하자는 없었으면 하는 심정으로 차를 봤다.

오랫동안 운행을 안 해서 그런지 배터리 충전을 해서 시동을 걸고 외관도 별로 볼품없다. 여기저기 얼룩이 묻어있어 왜 그러냐고 물어봤더니, 좀 더 높은 가격에 팔려고 광택을 내려다가 포기했다고 한다. 그래서 그 광택제 자국이 남아있는 것이란다.

그나마 다행인 것은 타이어이다. 차에 비해 상태가 좋은 것 같다. 차의 생명은 타이어란 생각을 평소에 가지고 있었기에 그 부분은 마음에 든다.

가까운 거리로 시운전을 해봐도 하자는 별로 보이지 않았다. 생각보다 상태가 좋은 것 같다.

'내 여건에서 이 정도면 만족이다' 그 자리에서 계약하고 곧장 정비소에 갔다. 오일 상태도 괜찮고, 브레이크 라이닝도 아직까지 쓸만하고…

지금 당장 손봐야 할 것은 없다고 한다. 덕분에 세차만 간단히 하고 돌아왔다.

그리고 3일을 운행했는데 불편한 점이 별로 없다. 에어컨가스가 다 떨어져 보충하고 내비게이션이 잘 작동하지 않는 정도다. 어차피 아날로그 세대이기에 그런 건 다른 것으로 보충하면 될 것 같다.

그렇게 내 차와 조우했다.

기분이 묘하다. 인생의 황혼기에 필요에 의해 만나게 된 차. 이 차도 나와 비슷한 운명인 것 같다.

젊음을 불태우며 정열을 다해 달려왔지만 이제는 쓸모가 없어져 누군가에 의해 버려지고, 어쩌면 영원히 사라질지도 모르는 운명이다.

하지만 이 차는 분명 좋은 차이다. 30년이 넘는 운전 경험으로 봤을 때 이 차는 아직도 충분히 쓸만하다. 당연히 나에게는 이런 차가 훨씬 더 유용하다.

내 나이 육십 대 후반, 이제야 인생의 깊이를 조금씩 알아간다. 배려와 겸손이 인생의 가장 큰 덕목이라는 사실을 젊었을 땐 몰랐다. 세상에 뭔가를 기여하며 살아야 한다는 것도 이제는 조금 알 것 같다. 그런 나와 많이 닮아있는 차, 내 인생의 마지막이 될지도 모르는 '내 차'이다.

첫사랑이 설렘이라면 마지막 사랑은 현실이다. 현실의 마지막 사랑을 만난 것 같은 내차, 나는 내 차가 정말 좋다.

주인의식에 관하여

이 세상의 주인은 나다. 내가 이 세상에 살아있는 한 세상의 주인은 나다.

나 죽음 이후의 세상은 알 바 아니지만, 내가 살아있는 세상은 내가 주인이다. 내 인생의 주인은 당연히 나이지만 세상의 주인 또한 나이다. 내 인생 그 자체가 세상이기 때문이다.

내 인생이 죽고 없는 세상을 상상하면 간단하다. 내가 없는 세상은 나도 없지만, 나의 세상도 없는 것이다.

그래서 잘 살아야만 한다. 어떤 엄청난 행운으로 내게 찾아왔는지는 모르겠지만, 주어진 인생에 감사하며 내 인생의 축복은 내가 만들어 가는 인생을 살아야만 한다.

주인으로 살아야 한다. 그래야만 내 인생 내가 책임지며 보다 적극적인 인생을 살 수 있을 것이다. 또한 인생의 희로애락(喜怒

哀樂)을 제대로 맛보며 보다 당당하게 세상을 살 수 있을 것이다.

'주인의식'의 반대말을 '노예근성'이라 하는데, 지금 세상에 노예로 살고 싶어 하는 사람은 없겠지만, 아직도 생각은 그 정도의 수준에 머물러 있는 사람들이 의외로 많은 것 같아 안타깝다.

살면서 자기 주도적으로만 살 수는 없다. 더불어 사는 세상에서 주변을 의식하지 않으며 살 수는 없겠지만, 남의 눈치만 보며 남이 주도하는 대로 휩쓸려 살아간다면, 그것이 노예근성에 다름 아니다.

내 인생의 중심이 확실하고 그래서 스스로 당당하다면 그것으로 세상의 주인이라 말할 수 있을 것이다.

인생의 슬픔은 '비교'로부터 시작된다. 특히 가까운 사람으로부터의 비교가 내 인생을 망친다.

비교로부터 성장하는 것 또한 사실이다. 내가 가지지 못한 것에 대한 불만으로 그것을 쟁취하려는 노력으로 성장하기도 한다.

그렇긴 하지만 비교에 익숙한 사람 대부분은 자기만족 나아가 자존감이 높지 않은 사람에게서 나타나는 현상이라 봐야 한다.

그렇게 남과의 비교에 에너지를 집중하다 보면 결국 나의 인생은 없어진다. 남에게 휘둘리며 남의 그림자를 쫓아서 살아가는 꼴이 되고 만다.

　자존감으로 살 수 있어야 한다. 자존감이 높은 사람은 남과의 비교보다는 자기만족과 자기계발을 위해 힘을 기울인다. 그것이 결국 자신을 더욱 성장시키는 발판이 된다는 사실을 알기 때문이다.

　더불어 사는 세상에서 비교에 초연할 순 없는 일이겠지만, 남이 어떻게 사느냐보다는 나의 삶이 어떠한가를 돌아보는 일이 훨씬 중요하다는 사실을 인지해야 한다. 그럴 수 있다면, 인생을 더 주체적이고 풍요롭게 즐길 수 있으리라.

　한번 사는 인생이다. 세상에 나는 나 한 사람뿐이다. 그래서 내 인생은 중요하다. 내 인생을 가꾸고 돌봐야 할 사람도 나이고, 행동에 책임을 져야 할 사람도 나이다.

　이제부터라도 더욱 나를 아끼고 사랑하면서 내 삶의 가치를 스스로 높여야만 한다.

　그래서 생의 진정한 의미를 조금씩이라도 깨우치면서, 나를 태어나게 해준 세상에게 그 고마움을 조금이나마 돌려주는 삶을 살 수 있다면, 그것이 진정 성공한 인생 아니겠는가.

운명이라는 것

운명이란 무엇일까? 운명이라는 것이 과연 존재하는 것일까?

살다 보면 본의 아니게 운명이라는 존재와 마주치게 되는 경우가 간혹 있다. 대부분 순응하고 넘어가겠지만 어떤 때는 피터지게 싸워야 한다.

우리가 운명을 만났다고 생각하게 되는 경우는 대부분 생의 엄청난 고비를 겪을 때인데, 그 고비를 순탄하게 넘긴다는 건 불가능에 가깝다고 볼 수 있다.

그래서 대다수 사람은 그냥 "운명"이라 말하며 포기한다.

그렇게 절박한 운도 있지만, 좋은 운도 있기 마련이다. 이렇게 좋은 운, 나쁜 운 모두를 통틀어 운명이라 말한다.

그러니까 분명히 '운명은 존재한다.' 다만 그 운이라는 존재는 좋은 것이든 나쁜 것이든 형체가 없기 때문에 볼 수도 잡을 수도 없다. 그렇지만 경우에 따라 충분히 느낄 수는 있다. 그러니까 노력으로 운명을 바꿀 수도 있는 것이다.

운을 느끼는 건 의외로 간단하다.

다행인 것은 좋은 운과 나쁜 운이 교차하여 오는 경우가 대부분이라는 사실이다. 따라서 미리미리 대비할 수도 있는 것이다.

좋은 운이 있었다면 조만간 나쁜 운이 찾아올 가능성이 있다. 나쁜 운도 마찬가지이다. 엄청나게 나쁜 운이 있었다면 분명 엄청 좋은 일이 생길 징조이기도 한데, 문제는 지금 닥친 이 어려움을 이겨내지 못한다는 데에 있다. 지금의 이 난관을 극복하고 견디지 못하면 좋은 운은 만날 수조차 없게 된다.

새옹지마(塞翁之馬)라는 말도 있고 "하나님은 인간을 귀히 쓰려고 할 때 어려움으로 시험을 하신다."라는 성경 말씀도 있는데, 그것은 분명 진리이다. 그렇게 믿는 사람뿐만 아니라, 우리 모두에게 통용되는 불변의 진리이다.

인류 역사를 봐도 그렇고 가까운 주변을 둘러봐도 그것이 진실이라는 사실은 어렵지 않게 알 수 있는데, 사람들은 막상 본인의 일이 되면 그것을 잘 인식하지 못한다. 뿐만 아니라 쉽게 포기하고 쉽게 좌절한다.

대다수 사람은 자기의 능력을 평가절하하는 경향이 있다.

모든 사물은 모두가 무언가의 이유를 가지고 태어나기 마련이다. 그중에서도 만물의 영장이라는 인간이기에, 아주 확실한 이유를 가지고 태어났을 수밖에 없다.

물론 그 수많은 인간 중에 미미한 나 혼자일지라도, 나라는 존재는 세상에서 유일한 나 한 사람일 뿐인데, 그래서 분명 엄청난 의미를 가지고 태어났을 것인데, 우리는 그것을 애써 외면한 채로 무의미한 삶을 살아가고 있는 것처럼 보인다.

'나를 사랑해야 한다.' 그것이 인간의 삶에 있어서 가장 기본이다. 다시 태어날 수도 없고, 두 번 살지도 못하고, 대신 살 수도 없는 오롯한 '내 인생'이다.

내가 내 인생을 응원하고 책임지지 못한다면 누가 나를 응원할 것인가. 내가 나를 책임지고 나의 능력을 개척해 가며 나 스스로 당당하게 살아야 한다.

그랬을 때 운명이라는 존재는 그저 내 인생의 방문객일 뿐이라는 사실을 알게 될 것이다.

"사람이 총알을 피할 수는 없다. 총알이 사람을 피해 갈 뿐이다."라는 말이 있다. 그만큼 운명은 분명한 영향력을 가지고 존재한다.

그러나 우리가 상기할 것은 운명론적 패배주의가 아니다. 그 운명이 처음부터 정해진 것도 있겠지만, 살면서 만들어지기도 하고, 또 달라지기도 한다는 사실을 깨달아야만 한다.

나의 의지가 얼마나 강하냐에 따라, 그리고 내가 어떻게 사느냐에 따라 운명은 다른 손을 내민다. 내가 좋은 방향의 운명을 개척한다면 분명 좋은 쪽으로 손을 내밀게 되어있다.

"지나간 세월은 운명이었을지 모르겠지만, 지금부터의 인생은 나 스스로 만들어 갈 거다."

이런 확실한 의지가 있다면, 먼 훗날 인생 마지막 날에 운명을 탓하며 후회하는 일은 없으리라 확신한다.

오기·끈기·독기
— 세상을 살면서 잊지 말아야 할 기운 세 가지

'오기·끈기·독기' 이것들은 아주 험한 말이나 욕처럼 들리지만, 살다 보면 알게 되는 삶의 지식이 잘 묻어있는 기운들이다. 세 가지 모두 좋은 뜻만 포함하고 있는 것은 아니지만, 곱씹어 보면 깊이가 있는 말임을 알게 된다. 살면서 좋은 일만 있으면 얼마나 좋겠는가마는, 세상은 언제나 좋은 일 보다는 힘들고 어려운 일이 더 많이 일어나기 마련이다.

'끈기'란 어려움을 끝까지 버티는 것이다. 끈기 있게 버텨야만 어려움을 견디고 목표를 이룰 수 있다. 지금의 힘든 상황을 버텨내야만 다음 단계로 나아갈 수 있다. 그래야 또 다른 일에 도전할 수도 있고 더 어려운 일을 해낼 수 있는 힘과 능력이 생긴다.

그런데 사람들은 의외로 끈기가 없다. 끈기의 다른 말이 인내심인데 이 인내심이 강하지 못하다 쉽게 포기하고 쉽게 절망한다.

"성공하기 5분 전에 실패한다."라는 말이 있다.

인간이기에 한 치 앞을 알 수 없는 건 당연하지만, 역경을 나름대로 잘 버티다가도 그 어려움이 사라지기 직전에 포기하는 경우가 대부분이다. 성공이 눈앞에 와있다는 사실은 인식하지 못하고 여태까지 쏟아왔던 모든 노력을 뒤로한 채 포기하고 마는 것이다.

그래도 그 어려움을 끝까지 견뎌내고 성공하는 사람도 분명히 있기 마련이다. 그래서 끈기는 성공과 실패의 척도가 되기도 한다.

'독기'는 끈기와 밀접하게 관련되고 또 비슷한 뜻을 품고 있다. 독해야만 끈기 있게 버틸 수 있고 끈기 있는 사람이 독하다고도 할 수 있다.

독기는 말 그대로 독한기운을 말하는데, 보통은 안 좋은 느낌으로 들릴 수 있는 말이지만, 실은 이 독기는 인간에게 있어서 정말 필요한 기운이다.

독한기운을 가슴 깊이 품고 있으면 언제 어디서든 힘이 될 수 있다. 사람들과의 사이에서 지지 않을 자신감이 될 수도 있고, 세상의 어려운 일을 헤쳐 나갈 힘이 되기도 한다.

독해야만 살아갈 수 있고 독한 사람만이 살아남는다. 독하지 못하면 세상의 먹잇감으로 전락할 뿐이다. 독하게 남을 짓밟으라는 말은 물론 아니지만, 자기를 방어하는 수단으로 이것만큼 유용한 것도 없다. 가슴 깊이 품고 있는 독한마음은 험한 세상을 살아가는 힘이자 능력이고 아주 유용한 자산이다.

마지막으로 '오기'에 대해서 말해본다.

오기는 마지막 기운이다. 끈기 독기로도 버티지 못했을 때, 이때 필요한 마지막 보루이다. 그러니까 모든 걸 포기하고 싶을 때 마지막으로 기대 볼 수 있는 게 오기이다.

오기는 나의 존재를 생각하게 한다. 존재의 이유와 존재의 가치를 떠올리게 되는 게 오기이다. 내 인생의 존재 이유를 따져보며 삶의 의미를 떠올리면 삶의 애착과 더불어 다시 한번 도전하고 싶은 의욕이 살아난다.

그러니까 모든 걸 잃더라도 오기는 있어야 한다. 다시 한번 일어설 수 있는 반전의 힘이 되어주는 게 오기이고, 내 삶의 존재 이유를 알게 해주는 게 오기이다. 포기의 반대말이 오기이다.

사람에 따라 극한의 상황에서야 살아나는 사람도 있을 것이고, 평소에 늘 간직하고 있는 사람도 있겠지만, 어려운 일을 어떻게든 극복하는 힘이 되는 건 확실하다. 또한 그것으로 생의 의미를 다시 생각하면서 생의 또 다른 전환점을 맞을 수 있는 것이다.

　오기! 끈기! 독기! 이 세 가지 기운이 가슴속에 있는 사람은 성공을 예약한 것이나 다름없다. 어려운 일을 쉽게 처리할 수 있게 돕고, 즐거움을 배가시키는 응원군이 되어준다. 삶의 여정을 당당한 자신감으로 충만하게 해준다.

　삶에 만족하든, 만족하지 않든, 가슴 깊은 곳에 늘 이 세 가지 기운을 간직하고 산다면, 분명 성공한 인생이 되리라 확신한다.

어떻게 살 것인가

'어떻게 살아야 하나?'

칠십이 가까운 인생을 살면서 이제야 이런 의문을 가져본다는 게 조금 부끄럽기도 하지만, 지금에 와서라도 이런 생각을 한다는 사실이 어쩌면 다행일지도 모르겠다. 생의 의미도 모른 채, 또 그 의미를 알려는 노력조차 하지 않은 채, 일생을 마칠 수도 있었으니까 말이다.

인생을 한마디로 축소하자면 '선택의 연속'이다.

어떤 시인은 "인생은 여행"이라 노래했는데, 살다 보니 그 말이 딱 맞는 말이라는 사실을 새삼 실감한다.

'그 여행을 어떻게 어디로 할 것인가?'

선택으로부터 생의 고비마다 마주치는 커다란 선택을 포함, 알게 모르게 부딪히는 많은 선택이 결국은 인생을 이루기 때문이다.

자기의 의지대로 하는 선택도 있겠지만 부지중에 만나는 선택들이 훨씬 더 많을 수밖에 없다. 나 자신도 모르는 사이에 일어났던 많은 선택을 두고 우리는 그것을 운명이라 말한다.

그러니까 그 부지의 선택들을 줄여가면서 조금씩이라도 내의지대로 결정하는 일들을 늘여간다면, 나 자신조차 알지 못하는 운명이라는 괴물에게 휘둘리는 인생을 살진 않으리라.

하루를 잘 살아야 한다.

하루가 모여서 결국은 일생이 된다. 삶에서 오늘 하루를 빼고는 인생이 될 수 없다. 일 년을 잘 살고 십 년을 잘 살기는 힘들더라도, 하루를 잘 살기는 비교적 쉬운 일이다.

그에 반해, 빠르게 지나가버리는 시간이기에 소홀하게 허비해 버릴 수도 있는 것이 하루이다.

깨어있는 하루를 살아야 한다.

시작하고 계획하는 아침이 있어야 하고 정리하는 저녁이 있어야 한다. 그래야만 열심히 일하는 한낮이 의미 있는 하루가 된다.

시간이 참 빠르게 흘러간다. "시간이 돈"이라고들 하는데, 젊었을 땐 그냥 흘려들었을 뿐인 어른들의 말이었다. 그런데 나이가 들어가면서 가슴 깊이 공감한다. "시간은 나이와 비례해서 흐른다." 이 말 또한 나이를 먹으면서 새삼 깨닫게 되는 진리이다.

돈은 잃으면 다시 벌 수도 있겠지만, 시간은 그럴 수 없기에 더욱 안타깝기만 하다.

생의 의미를 이야기하면서 과거의 삶을 돌이켜본다.

인생을 바둑돌처럼 다시 놓을 수는 없겠지만, 그래도 가끔 과거를 되돌아봐야만 미래의 내 모습을 바라볼 수 있는 안목이 생긴다.

과거의 기억이 오래되지 않은 젊은이도 있을 거고, 나처럼 반환점을 한참 지난 인생도 있겠지만, 가끔은 지나간 인생을 되돌아보는 게 생의 나침판이 된다는 사실을 알아야만 한다. 내 인생의 가장 큰 스승은 내가 남긴 발자취라는 사실을 알 수 있다면 지금보다는 훨씬 나은 미래를 살 것이라 믿는다.

귀티 나게 살아야 한다.

귀티를 내 의지대로 표현한다는 게 쉬운 일은 아니겠지만, 그래도 노력하면 분명 가능해진다. 항상 자신을 귀하게 대하고 귀하게 말하며 귀하게 행동하면 분명 귀해진다.

세상에 단 하나뿐인 '나'이다. 내가 나를 귀하게 대하지 않으면 누가 나를 귀하게 여길 것인가? 이렇게 마음먹고 생각하고 행동하면, 어느 순간 당신은 분명 귀티 나는 사람이 되어있을 것이다.

'어떻게 살 것인가?'는 '어떻게 죽을 것인가?'와 연결된다. 죽음은 삶의 연장선상에 있을 뿐이다.

내가 지나간 자리의 기억들은 남은 사람들의 몫이겠지만, 그 흔적은 분명 나의 책임이다. 내가 지나간 흔적들이 좋은 의미로 남아있기를 바라는 마음으로, 나는 오늘의 나를 살아간다.

시간이 전부다

우리는 농담으로 "시간과 돈만 있으면 별 걱정이 없겠는데!" 이야기하는데, 그것은 반은 맞고 반은 틀렸다. 자본이 모든 것을 대변하는 세상에서 돈이 중요하다는 것은 아무도 부인할 수 없는 사실이다.

돈과 함께 건강한 삶을 인생의 전부인 것처럼 말하는데 그것도 틀린 말은 아니다. 돈이 없으면 추하고 건강하지 못하면 비참하다 둘 다 있으면 누가 봐도 행복한 삶인 건 분명하다.

그렇지만, 그 건강한 삶도 시간의 흐름을 거스를 수는 없다.

있다가도 없어지고 또다시 생길 수도 있는 게 돈이듯이, 지금 현재 건강한 사람도 시간이 흐르면 어떻게 될지 아무도 장담할 수 없다.

그런데 시간은 그렇지 못하다. 시간은 약속을 하지 않는다. 시간은 인정이 없다. 그냥 그렇게 야속하게 쉼 없이 흘러갈 뿐이다.

흔히들 인생을 흘러가는 물에 비교하면서 물처럼 살기를 원하기도 하는데, 물보다 더 요긴하면서 더 빨리 흘러가고 돌아올 수조차 없는 것이 시간이다.

물은 그 순간 받아서 쓸 수도 있고 필요에 따라 저장할 수도 있겠지만, 시간은 물보다 훨씬 더 야속하다. 아주 요긴하지만 잡아놓을 수도, 받아놓을 수도 없는 것이다.

그나마 다행인 점은 시간을 어떤 식으로든 사용할 수 있다는 사실이다. 마냥 흘러만 가는 것 같지만, 이용 방법에 따라 얼마든지 유용하게 쓸 수 있고, 때에 따라선 엄청난 이익을 가져다주는 것이 바로 시간이다.

무심코 떠내려 보낼 수도 있지만, 유용하게 쓸 줄 아는 능력자가 분명 있다. 처음부터 그런 능력을 부여받고 태어난 사람도 있겠지만 대부분은 살면서 깨우치는 능력이다.

시간은 기다려주지 않는다는 사실 그 사실은 나이가 들면서 대부분은 깨우친다. 그래서 시간이 아깝다고들 이야기한다.

문제는 깨우치고도 실천을 안 한다는 사실이다. 허투루 보낸 시간을 후회하면서, 시간을 아까워하기만 하고 그 시간을 유용하게 쓰려고 하지 않는다. 사용 방법을 잘 모르는 것 같다.

한 번뿐인 인생이다. 지나간 시간을 후회만 하고 있을 것이 아니라 지금부터라도 내 인생 내가 만들어가야 한다.

　하루의 시간을 잘 쓰는 것이 중요하다. 하루가 인생의 축소판이고 그 하루가 모여서 인생이 되기 때문이다.

　남은 인생 전체의 시간을 계획하기는 어렵겠지만 하루의 시간 정도는 내가 만들어갈 수 있다. 하루를 잘 계획하고 실천하는 일이 거듭되어 그것이 일상이 된다면, 그 인생 보다 알차게 보낼 수 있을 것이다.

　하루를 잘 보내는 방법은 각자의 삶처럼 다양하지만, 한 가지 분명한 사실이 있다면 '깨어있는 삶'을 살아야 한다는 것이다. 일분일초를 유의미하게 보내야 한다. 아무 생각 없이 지나간 시간들은 너무나 허무하고 아까운 시간이다.

　모든 시간을 정해진 틀에서 보내는 노력해야만 한다. 일분일초를 어떻게 철저하게 보낼 수 있느냐고 반문할 수도 있지만, 계속하다 보면 충분히 가능하다.

　우선 아까워해야 한다. 지나가는 시간을 아까워하는 마음을 가져라. 그러면 못 할 것은 없다. 못 믿겠으면 우선 일 년 정도만 그렇게 실천해 보라.

　아침을 잘 맞이하여야 한다. 시작이 반이다. 아침을 잘 맞이

하면 그 하루는 성공한 것이나 다름없다. 그러려면 밤을 잘 보내고 잠을 잘 자야 한다. 밤을 잘 보내면 아침이 상쾌하다는 건 모두가 알고 있는 사실이다.

결국은 하루를 마무리하는 밤을 잘 보내는 일이 중요하다. 하루의 마무리도 밤에 하고 또 다른 하루의 준비도 밤에 한다.

계획된 시간을 보내다 보면 분명 내 계획하고 다른 일들이 생긴다. 그러면 그렇게 적응하고 또 다음날을 맞으면 된다.

문제는 내가 주도하는 시간을 말하는 것이다. 그렇게 시간을 내 의지대로 조절하며 살 수 있어야 한다는 것이다.

시간이 참 빠르게 간다. 세월이 너무 빨리 흘러간다. 나이가 들면서 더욱 빠르게 느껴지는 게 시간이고 세월이다.

모두에게 공평하게 주어졌지만, 누구는 빠르다고 원망하고, 누구는 그 시간을 알차게 잘 사용한다.

시간은 모든 것이다. 건강도 행복도 죽음조차도 모든 것이 그 안에 있다.

삶이 곧 행복이라는 사실, 지금 내가 살아있음이 축복이라는 사실을 깨닫길 바란다. 그러면 시간의 고마움도 알게 된다. 그래서 당신의 남은 인생이 보다 알차게 영글기를 기원한다.

습관을 이해하자

'어떤 행위를 오랫동안 해오는 과정에서 저절로 익혀진 행동 방식'이 습관이다. 그러니까 어떤 일이든 오랫동안 계속해서 해오면서 알게 모르게 익혀진 것이 습관이다.

하루 세 끼 밥 먹는 것도 습관이고 밤에 자고 낮에 일하는 것도 습관이다. 우리가 지금 하고 있는 일 모두가 습관으로 이루어진 것이다.

물론 모두가 똑같은 일을 반복하진 않을 거고, 개인으로서도 오랫동안 해온 일, 그러니까 습관이라 말할 수 있는 것도 있을 것이고, 지금 막 시작하여 그렇지 않은 것도 있을 것이다. 하지만 각자가 가진 습관으로 현재의 내 모습이 되었고, 또한 그것으로 내 미래가 결정되는 건 틀림없다.

그만큼 습관이 중요하다 대부분은 자기도 모르는 사이에 행해진 것을 습관이라 말하지만, 자기가 의식적으로 만들어가는 것도 물론 있다. 그러니까 좋은 습관은 의식적으로라도 만들어 가야 하고 나쁜 습관은 과감히 버릴 줄 알아야 한다.

아침에 일찍 일어나면 좋은 점이 많다.

남들이 모두 잠들어있는 시간에 맑은 정신으로 깨어있다는 것만으로도 상당한 희열을 느낄 수 있겠지만, 그보다는 하루를 보다 길게 즐기며 살 수 있다는 사실이 더 큰 기쁨이다.

남들보다 두 시간 일찍 일어나면 두 시간 더 사는 것이나 다름없다. 아침 시간은 보다 맑은 정신으로 집중할 수 있기 때문에 일찍 일어난 두 시간은 하루 중 가장 소중한 시간으로 만들어갈 수 있다.

잠자는 시간을 줄여가며 일찍 일어나라는 것은 아니다 좀 더 일찍 자면 된다. 물론 쉽지는 않은 일이다. 하지만 그것이 습관이 될 수만 있다면 그 무엇보다 소중하고 자랑스러운 나만의 자산이 된다는 사실만은 꼭 이야기하고 싶다.

어쩌면 내 인생을 송두리째 바꾸는 커다란 사건이 될 수도 있을 거라 확신한다. 내 몸을 위해 운동을 하는 습관, 이것만큼은 꼭 실천하라고 당부하고 싶다.

"건강은 건강할 때 지켜야 한다."

이제 이런 말을 모르는 사람은 없겠지만, 아직도 그렇게 행동하는 사람은 많지 않은 것 같다. 물론 건강을 위해 한두 해 운동하는 사람은 보지만 십 년, 이십 년 꾸준히 습관으로 만들어가는 사람은 보기 힘들다.

힘이 들어야 운동이라고 할 수 있기 때문에 오랫동안 지속적으로 하기는 쉽지 않은 것도 사실이지만, 그래도 밥 먹듯이 지속적으로 할 수 있어야만 제대로 효과를 볼 수 있다.

가끔 생각날 때마다 하는 운동이라면 그것은 습관이라 말할 수 없을뿐더러, 그럴 때 오히려 몸에 부담을 주어 사고 등으로 이어지는 경우를 종종 본다.

자기 몸에 맞는 운동을 선택하는 것이 중요하다. "무리하지 않게 적당한 운동을 선택하여 꾸준히 하는 것" 이것이 운동의 가장 핵심 포인트가 아닐까 생각한다.

습관이 많은 것을 바꾼다. 그것은 다음의 금언(金言)으로 요약된다.

"생각이 말이 되고 말이 행동이 되고 행동이 습관이 되고 습관이 인생이 된다."

그러니까 생각이 습관으로 이어졌을 때 그것이 모여서 내 인생이 되는 것이다.

지금부터는 내게 어떤 습관이 있나 알아볼 때이다.

의식적으로 했든, 나도 모르는 사이에 만들어졌든, 좋지 않은 습관들이 있다면 지금부터라도 과감히 고쳐나가야만 한다. 습관이란 오래된 것일수록 바꾸기 힘들기에 더 늦기 전에 고치려고 노력해야만 한다. 더 늦으면 더 많이 후회하게 된다.

좋지 않은 습관은 고치고, 좋은 습관은 스스로의 장점으로 더욱 발전시켜 나간다면, 먼 훗날 바라본 내 인생은 보다 빛나는 모습으로 바뀌어 있으리라.

스트레스가 보약보다 낫다 · 3

수많은 이들이 단언한다. "스트레스가 만병의 근원"이라고.

틀린 말은 아닐 것이다. 전문가인 의사들조차 그렇게 말하니 말이다.

그만큼 스트레스가 현대인의 치명적인 병이 되고 병의 원인이 되어가고 있다. 어떤 식으로든 이겨내야만 건강하게 살 수 있다는 이야기이다.

현대인은 복잡한 환경의 변화 속에 많은 스트레스를 받을 수밖에 없다. 어쩌면 그것과 더불어 살아간다고 해야 맞을지도 모른다.

그런데 우리는 스트레스가 극복 대상이라는 일면적 생각을 떨쳐내지 못하고 있다. 함께 살면서도 두려워하고, 그래서 어떻게든 피하려 애쓰다가 결국은 이겨야 하고 극복해야만 한다고 생각한다.

차제에 우리는 다시 한번 생각해 봐야 한다.

극복하려 할 것이 아니라 그냥 더불어 살면서 같이 성장해가면 어떨까?

능력이 있고 지위가 높을수록 스트레스를 더 많이 받는다. 그러니까 스트레스를 많이 받는 사람이 능력자이다. 능력자의 지표일 수도 있다. 그런데 그 스트레스를 오로지 극복해야만 되는 대상으로 보았다면 그들이 과연 그 자리에까지 오를 수 있었겠는가.

스트레스는 이제 우리 생활의 일부분이다. 싫든 좋든, 생활 깊숙이 들어와 함께 살아가는 것이다. 받고 싶다고 받고, 받기 싫다고 안 받아지는 것도 아니다.

우리가 살아가는 일상에서 당연히 받을 수밖에 없는데 억지로 피하려 하면 오히려 병이 된다. 마찬가지로 이기려고만 해서도 안 된다. 운동경기뿐만 아니라 일상생활 전반에서 모두를 이길 순 없다. 이길 때도 있고 질 때도 있는 것이다.

'메기효과'라는 게 있다. 미꾸라지가 사는 수조 안에 미꾸라지의 천적인 메기를 풀어놓으면 미꾸라지가 메기를 피해 열심히 도망 다녀서 더 건강해진다는 것이다.

또한 잡자마자 죽어버리려는 성질 급한 청어를 살리기 위해 천적인 메기를 수조 안에 넣어 청어 대부분을 살려서 돌아왔다는 노르웨이 어부의 이야기도 있다.

　물론 이 두 가지 이야기가 근거가 없다고 말하는 이도 있지만, 근거 여부를 떠나 충분히 가능한 일이라고 믿는다.

　그래서 스트레스는 보약이다.

　스트레스를 받는 상황이 되면 그것은 분명 자신이 한 발짝 더 앞으로 나아갈 수 있는 기회이다. 그것을 슬기롭게 대처하면 도약하고 그렇지 못하면 퇴보하는 것이다.

　'위기(危機)'가 위험과 기회를 동시에 나타내는 말이라는데 그것과 똑같은 경우라고 할 수도 있다. 보약도 잘 쓰면 보약이지만 잘못 쓰면 독약인 것처럼 말이다.

　내 인생이 한 단계 더 성장할 수 있는 기회를 피하려고만 할 것인가?

　오히려 충분히 고마워해야 한다. 쓰디쓴 보약을 먹을 수 있는 이유는 이 짧은 순간을 견디면 내 몸이 좋아질 수 있다는 믿음이 있기 때문이다. 스트레스가 독약이 될지 보약이 될지는 나의 마음먹기에 따라 달라질 수 있다. 위기를 위험으로 느끼는지 기회로 느끼는지는 본인밖에 모른다. 아무나 위기를 기회로 느끼진 않을 것이다. 그렇지만 그렇게 느낄 수 있는 사람은 분명 있다.

　대부분의 스포츠에서 보면 힘을 모으는 것 보다 힘을 빼는 것이 더 힘들다고 한다. 적절한 시기에 힘을 쓰기 위해서는 힘을 열심히 모으고, 또 어느 순간 그 모은 힘을 빼면서 긴장을 풀 수 있어야만 몸이 유연해지고, 그래야만 모았던 힘을 제대로 쓸 수 있다는 이야기인데, 그것이 말처럼 쉬운 일은 아니다. 하지만 어느 정도의 경지에 도달하면 가능하다는 사실은 능력자들만 알 수 있는 일이다.

　산을 오르는 것은 힘든 일이다. 하지만 그것을 독약이라고 생각하는 사람은 아무도 없을 것이다. 능력 있는 사람이 열심히 하는 사람을 못 이기고, 열심히 하는 사람은 즐기는 사람을 못 이긴다고 했다. 오늘 이 시간, 산을 오르는 기분으로 또 보약 한 제 먹는 마음으로 스트레스를 즐겨보는 건 어떨까.

성공의 의미

모든 인간은 성공을 위해 산다. 성공을 향해 나아간다. 성공을 경험하지 못하면 성장 자체를 할 수 없다.

의식이 채 형성되기 전의 어린아이조차도 성공을 향해서, 또 성공을 경험하며 그렇게 커간다. 태어나서 울음을 터뜨리는 것부터 시작해서 나아가 스스로 땅을 딛고 일어설 수 있을 때까지, 조그만 것에서부터 큰 것에 이르기까지 하나하나 성공을 쟁취하며 살아가는 것이다.

실패를 거듭하며 오로지 성공만을 위하여 살아간다. 성공이 목표이고 목적이다. 그렇게 우리는 살면서 수많은 성공을 경험하지만, 그 크고 작은 모든 과정을 전부 성공이라 말하진 않는다.

그러면 성공은 과연 무엇이며 성공자란 어떤 사람인가?

주변 사람 모두가 인정하면 성공자인가? 돈이 엄청 많으면 성공자인가? 아니면 대단한 권력을 휘두를 수 있는 자인가?

목표를 정하고 그 길을 향해 열심히 노력하고 그것을 성취했을 때, 그래서 그 분야에서 모두가 인정하는 최고의 결과를 내고 그 결과가 오랫동안 지속되었을 때, 우리는 그것을 성공이라고 말한다. 또 그런 사람을 성공자라 부른다.

그런데 문제는 성공 이후의 삶이다. 성공으로 모든 것이 끝나는 운동경기라면 모를까, 인생은 그렇지 않다. 성공자의 삶은 많은 사람에게 노출될 수밖에 없기에 성공 이후의 족적이 진정한 성공자인가 판단하는 잣대가 된다.

존경받을 수 있어야 진정한 성공자이다. 돈을 많이 벌고 대단한 권력을 쟁취했더라도, 존경받지 못하는 삶을 산다면 그 사람은 진정한 성공자라 할 수 없다. 존경받는 사람이 많은 세상이 분명 좋은 세상이다.

하지만 대한민국엔 어쩐 일인지 존경받는 사람이 잘 안 보인다. 존경하고 싶은 사람도 없다.

아흔을 훌쩍 넘게 사시다 돌아가신 어느 연예인이 생각난다.

국민 MC니 국민 오빠니 하면서 인기도 많이 누리다 가셨고, 가시는 길에 애도하는 사람도 많았다는데, 한 가지 아쉬운 점이 있다. 정말 멋지게 사시다 가셨다는 건 알겠는데, 사회를 위해 좋은 일 하셨다는 말은 잘 안 들린다. 그 정도 위치에 있었고 그 정도의 인기를 누렸다면 부도 많이 축적했을 것 같은데 말이다.

진정으로 잘 산다는 건 사회적 지위뿐만 아니라 그 사회적 지위를 얼마나 사회에 환원하고 기여할 수 있느냐로 가늠해야 한다. 또한 그렇게 사는 것이 진정으로 성공한 삶이다.

권력이 있으면 그 권력을 국가와 국민을 위해 쓰고, 돈이 많으면 그 돈을 정말 필요로 하는 사람에게 써줬으면 좋겠는데, 작금의 이 나라에 그런 사람은 눈을 씻고 보려 해도 안 보인다.

이제는 주변과 더불어 성장하는 세상이 도래할 때가 된 것 같은데, 아직도 못 배우고 배고팠던 시절의 의식에서 한 치도 나아가지 못하고 있다.

선진국이라는 대한민국이다. 국민 의식의 선진화가 무엇보다 우선 돼야 하겠지만 그 의식을 이끌어줄 사회 지도자가 절실히 요구되는 시점이기도 하다.

권한보다는 사회적 책임을 더 중요하게 생각하는 사회, 노블레스 오블리주를 몸소 실천하는 사람이 많은 사회, 그런 사람이 진정 성공자라 불리며 존경받는 사회, 그런 사회를 내 후대에라도 물려줄 수 있기를 애타게 기다려 본다.

생각을 비운다는 것은

"나이가 들어가면서 생각을 줄여야 한다."고들 이야기한다.

생각을 안 하고 살 순 없겠지만, 줄일 수 있으면 줄여야 한다는 것이다.

치매 환자를 보면 무슨 생각으로 사는지 궁금할 때가 있다. 생각은 하는지, 기억은 하는지, 자기가 살아있다는 사실을 인식이나 하는지…

술을 마시는 사람이면 누구나 한두 번쯤 겪었을 수도 있는 블랙아웃을 경험하고 나면 정말 허탈한 생각이 든다. 지금은 기억을 못 하지만, 그때는 분명 무슨 생각인가를 했을 것이고 어떤 행동이든 했을 텐데, 차라리 아무 생각도 안 하고 아무런 행동도 없었다면 오히려 좋았을 것을…

짧은 순간이겠지만 자기의 의지대로 행동을 통제하지 못하고 아무런 생각 없이 지나간 시간들은 죽음보다 못한 시간처럼 느껴진다.

  그러면 죽음은 무엇이고 삶은 무엇일까?
  삶과 죽음의 경계는 '생각' 아닐까?

  생각을 할 수 없으면 죽은 것이다. 잠을 자는 경우를 생각해
보자. 그 전날의 하루를 쉬면서 다음의 하루를 준비하기 위한,
기껏해야 8시간 정도 되는 짧은 시간이지만, 잠은 죽음을 미리
경험하는 단계라고 생각한다.
  잠을 자며 꿈을 꿀 순 있지만 생각은 하지 못한다. 숨을 쉬고
맥박은 뛰지만 의식은 없다. 좋은 꿈은 천당에 다녀온 것이고
악몽은 지옥을 경험한 것이 아닐까?
  "이번 생은 망했다." "다음 생에 태어난다면…" 하는 말들을
아무렇지도 않게 많이들 하는데 이것은 아주 위험한 말이다.
  우리나라의 어른들뿐만 아니라 청소년들까지도 쉽게 자살하
고 쉽게 생을 포기한다는 사실을 재고할 시점이다.
  다음 생이란 있을 수 없는 일이다. '내 기억'이 이어져야 '내
삶'이라고 할 수 있을 것이다. 그런데 이번 생 말고도 다음 생이
있어 내 기억이 이어진다면? 혹은 이번 생에서 기억상실증에
걸려 내 기억이 사라진다면? 그것은 생각만 해도 혼란스러운

일이다.

생각을 줄이고 감각을 키우자.

생각을 하되 조금씩 줄여나가야 한다. 간단하게 생각하고 간단하게 정리하는 습관을 들여야 한다.

나이가 들수록 복잡할 이유는 없다. 많이 생각할 이유가 없는 것이다. 눈앞에 보이는 것만 생각하고 자기의 건강만 챙기면 되는데, 사람들은 쓸데없는 걱정들을 한다. 걱정으로 병을 키우기도 하고 남의 걱정까지 도맡아서 한다.

그렇게 되면 머리가 복잡해져서 정작 자기가 해야할 일은 하지 못하고, 나아가 현실을 자각하지 못할 수도 있다.

나이가 들면서 건강이 걱정된다면, 미리미리 운동과 식단관리로 몸을 돌보면 되는데 그저 걱정만 하고 있다. 아프면 병원에 가서 조기에 치료받으면 되는데, 큰 병과 연관 지어 걱정만 하다가 시기를 놓쳐 병을 키우기도 한다.

'행동'해야 한다. 생각을 줄이고 행동을 늘려야 한다. 그래야만 마지막에 그 두 가지를 동시에 소멸시킬 수 있다. 힘이 들수록 나이를 먹을수록 행동해야 한다. 지금 내 발로 움직이지 않으면 다른 사람이 나를 움직이게 된다. 그것은 죽음보다 못한 경우가 될 수도 있다.

행동을 하면 감각기관을 깨울 수 있다. 후각 미각 촉각 시각 청각 이런 것들은 움직이면 다 좋아질 수 있는 것들이다. 움직이면 바람의 촉각을 느낄 수 있고 움직이면 새소리를 들을 수 있고 움직이면 밥맛이 좋아진다.

인간은 동물(動物)이다. 죽을 때까지 움직이는 것이 본능이고 권리이자 의무이다.

생각은 그다음의 문제다. 젊었을 때 한참 일이 많을 때는 생각을 많이 하는 사람이 앞서가겠지만, 나이가 들어가면서는 그 생각을 점점 줄여가야 한다. 아껴야만 하는 것이다. 그래서 마지막엔 모든 행동과 생각을 함께 종료할 수 있어야 한다. 그렇게 죽음을 맞이해야 한다.

행동할 여력이 남은 채 생각이 종료되어서도 안 되고 행동하지 못하고 의식만 깨어있어서도 안 된다. 행동과 의식이 동시에 자연 소멸되었을 때 그 인생을 잘 산 인생이라 말할 수 있을 것이다.

사랑으로

"사랑은 연필로 쓰세요."

지우기가 너무 어려워 연필로 쓴다는 것이다. 썼다가 지우고 다시 또 쓰고 싶은 말.

세상에서 사랑만큼 큰 의미를 지닌 말도 없을 것이다. 많은 의미의 명사이기도 하지만 나아가 동사가 되기도 한다.

"사랑한다"라는 동사가 되면 더 많은 느낌으로 다가온다. 예전에 사랑했던 어떤 사람이 생각나기도 하고, 주변의 많은 동식물 사물까지 떠오른다.

이처럼 많은 생각을 불러일으키는 '사랑'이라는 단어를 오늘 아침에 써본다는 사실만으로도 기쁘고 고맙다. 사랑할 수 있어서 기쁘고, 사랑하는 대상이 있어서 고맙다.

생각하고 떠올리기만 해도 푸근해지고 가슴이 따뜻해진다. 주변의 모든 것이 다 좋게 보이고 어려운 일들이 모두 해결될 것만 같은 기분이다. 물론 짧은 순간이겠지만, 이 순간만큼은 그렇다.

좋은 일은 항상 좋은 생각에서 비롯된다. 나쁜 일을 생각하는데 좋은 일이 생길 순 없다. 좋은 생각으로 시작하면, 적은 것일지라도 좋은 결말을 맞게 된다.

좋은 생각을 하려면 제일 먼저 떠오르는 단어가 사랑이다. 사랑을 떠올리면 또 다른 좋은 말들이 연관된다. '행복, 소망, 감사, 존경, 배려 등' 이처럼 좋은 단어들이 함께 하기에, 사랑이란 한 마디의 말이 주는 포만감은 좋은 감성을 살찌운다.

사랑은 사람을 사람답게 살도록 만들어준다. 사랑으로 세상을 바라보면 만물이 사랑스럽다. 사랑으로 바라보면 세상 또한 사랑으로 다가온다. 조금만 신경 써서 살펴보면 세상은 경이로움 그 자체이다. 풀 한 포기의 존재가 경이롭고, 산들거리는 봄바람의 기운이 신기하다.

이 아름다운 세상을 아름답게 보지 못한다면 너무 안타까운 일이다. 아름다움을 더 아름답게 볼 수 있는 이유는 사랑이 있기 때문이다. 마음속에 사랑이 있기에 그 마음이 투영되어 나타나는 것이다.

미움으로 바라보면 세상은 암흑이다. 가족이 싫고 친구가 싫고 주변 모두가 싫다. 결국엔 나 자신도 싫어진다. 그렇게 삶이 곧 고통이 되는 것이다.

사랑으로 살아야 한다.

마음속에 간직한 사랑은 어려울 때 힘이 된다. 살면서 좋은 일만 있으면 다행이겠지만, 세상살이는 좋은 일 보다는 안 좋은 일이 더 많고 또 그렇게 느껴질 수밖에 없다.

그럴 때 힘이 되는 것이 사랑이다. 사랑하는 가족을 떠올려도 좋고 진실한 친구를 떠올려도 좋겠지만, 무엇보다 가슴 깊은 곳에 사랑이 자리하고 있으면서 그 사랑을 실천하려 노력한다면, 그것으로 모든 어려움을 극복할 수 있을 것이다.

사랑은 주는 것이다.

사랑은 조건이 없다. 무한하게 내 안에 있으면서 조건이 없는 것이다. 그냥 주면 된다. 받으려 할 이유도 없고 생색낼 일도 아니다 사랑은 거래가 아니기 때문이다.

남녀 간의 실질적인 사랑에서는 약간의 밀당이 필요할 수도 있겠지만, 그것은 주고받는 개념이 아닌 그저 재미있는 연애의 기술일 뿐이다.

그렇지만 그 기술이라는 것도 기본인 사랑이 바탕이 되지 않는다면, 그것은 사랑이라고 할 수도 없을뿐더러 결국은 모래로

쌓은 성처럼 사라질 수밖에 없다.

　성경 말씀에서 "믿음과 소망과 사랑 중에 사랑이 제일이다." 라고 했다.

　제일 먼저 사랑을 떠올리고 사랑으로 살아간다면 내가 사는 세상은 점점 더 아름다워진다. 나를 둘러싼 모든 악이 용서되고 주변이 선함과 고마움으로 변한다.

　친구가 고맙고 가족이 고맙고 나를 아는 모든 사람이 고맙다.

　나 자신 살아있음이 눈물 나게 고맙다.

　이 고마움을 세상에 돌려주면 언젠가 세상이 나를 고마워하는 날이 올 것이다. 언젠가 돌아올 그날을 기다리는 마음으로, 늘 깨어있는 정신으로 살기를 소망한다.

　나는 오늘도 변함없이 그날을 준비하는 세상을 사랑으로 살아간다.

백 세 시대를 사는 법

인간의 수명이 상당히 길어졌다. 이것은 굳이 말하지 않아도 어느 정도의 연륜이 있는 사람이라면 모두가 느끼고 있는 현실일 것이다.

『죽음의 역사』라는 책을 읽었다.

죽음을 약간이나마 이해하면 삶의 의미가 좀 더 풍족해질 것 같은 생각을 했었다. 하지만 그런 나의 기대와는 달리 제목 그대로 '인류의 죽음', 그 죽음의 역사를 그대로 서술한 책이었다.

중세 유럽에서 시작하여 엄청난 죽음을 야기했던 페스트로부터 최근의 코로나 사태와 교통사고로 인한 사망까지, 인간 죽음의 변천사를 그대로 내보인 아주 우울한 내용이 예상되겠지만… 결론을 말하면 이 책은 아주 희망적인 이야기를 하고 있다.

인류역사상 수명은 계속 길어져왔고, 현세대가 가장 수명이 길다고 한다.

그 옛날 기대수명 30세에서 기대수명 80세가 된 오늘날이다. 앞으로는 더욱더 길어질 거라는 예상은, 비단 이 책에서뿐만 아니라 대부분의 사람이 인식하고 있다.

DNA 분석기술로 유전적으로 취약한 부분을 미리 대비할 수 있고, 줄기세포를 배양해서 나빠진 장기를 통째로 바꿀 수도 있다. 이런 의학기술 발달과 함께 경제력이 수명에 영향을 미친다는 사실을 다시 한번 알게 된다.

그런데 주변에서는 백 세 시대를 실감하지 못하는 사람들이 의외로 많은 것 같다. 애써 외면하는 친구들도 있고 그렇게 길게 살고 싶지 않다는 사람들도 많다.

삶의 의미를 알아야만 한다.

세상에 태어날 때는 아무 생각 없이 태어났지만, 살아가면서 내 삶의 가치와 의미를 알아가야 하는데, 대부분의 사람이 그런 의미를 잊고 사는 것 같다.

물론 치열한 삶의 현장에서 그런 것까지 생각할 여유가 없을지 모르지만, 삶의 한중간에서라도 잠시 내 삶의 의미를 떠올려 봐야 한다.

경쟁을 해서 높은 자리에 올라가는 것도 좋고, 많은 돈을 벌어 부자가 되는 것도 좋지만, 나의 존재가치를 아는 게 무엇보다 중요하다.

내가 왜 태어났을까? 나의 존재는 세상에 어떤 의미일까? 스스로 물어봐야 한다.

수많은 사람 중에 정말 미미한 '고작 나 한 사람'인 것 같지만 나의 존재는 귀중하다. 내가 없으면 이 세상 또한 없다는 사실을 알아야만 한다. 그 사실을 인식하게 된다면 살아있는 동안 나의 존재가치는 엄청난 것이다.

나의 존재가치를 알 수 있다면 그 인생은 분명 성공한 인생이다. 세상을 더 능동적으로, 더 주도적으로 살 수 있기 때문이다.

이것이 결국 인생이다.

시한부 선고를 받은 사람이 아니라면 내 인생 얼마 남았는지는 아무도 모른다.

얼마나 남았느냐는 사실 별 의미가 없다. 어떻게 사느냐가 중요한 것이다. 나의 존재가치를 알고 현재를 충실히 사는 것. 그것이 삶의 진정한 의미가 아니겠는가.

또한 내 살아온 발자취가 남은 사람들에게 어떤 의미일까를 생각하면서, 건강한 신체와 건강한 정신을 유지하며 살 수 있다면, 그 인생의 가치는 백 년이 아니라 영원히 살 수도 있는 것이 아닐까 생각한다.

배려의 가치

'배려'라는 개념이 우리 사회에서 회자된 지는 그리 오래되지 않은 것 같다.

우리는 배려를 모르고 살았다고 해야 맞을 것이다. 양보, 이해, 용서, 감사 같은 단어는 비교적 오랫동안 함께하고 있었지만 배려라는 말은 잘 통용되지 않았다.

그러니까 이 말의 정확한 의미를 아는 사람이 많지 않다. 사전에서조차 "내 짝과 같이 남을 생각함"이라고 간단하게 한자 풀이만 하고 있다.

배려는 그렇게 간단한 개념이 아니다. 양보나 이해 등의 개념을 포괄하며 행동을 동반한다. 생각과 행동을 동시에 가지고 있는 복합적인 개념이다.

흔히들 '양보'와 비슷한 개념으로 이해할 수도 있겠지만, 수동적인 의미의 양보보다는 적극적인 의미의 행동이 포함된다.

그동안 우리는 너무나 바쁘게 살아왔다. 그러다 보니 배려와는 동떨어진 삶을 살아왔다 바쁘게 돌아가는 시간 속에서 배려는 오히려 거추장스러운 존재일 수밖에 없었다. 그래서 애써 외면하며 살아왔던 것이다.

그렇게 우리 일상과는 동떨어진 곳에서, 아무렇지도 않게 어느 누구의 관심도 받지 못한 이름 모를 잡초처럼 피어있었지만, 항상 우리 곁에 머물며 알게 모르게 함께 성장해왔다는 건 분명한 사실이다.

이제야말로 배려를 알아야 할 때이다. 알면 실천해야 하고 생활 깊숙이 뿌리내려야 한다.

우리도 이제 선진국이다. 선진국이라면 국민 의식이 선진화되어야 하는데 그 의식 선진화의 기본조건이 배려여야 한다. 배려는 개념이고 의식이면서 행동이다. 행동이 동반되어야만 배려이다. 생각만 하고 이해만 해서는 배려라고 할 수 없다.

사실 배려는 생활이다. 아직 일상생활에 깊이 뿌리내리지는 못했지만 생활이 된 지는 오래되었다. 공공질서를 지키는 것이 배려이고 노약자를 보호하는 것이 배려이다. 이렇게 그냥 생활의 일부분이지만 우리는 그것을 애써 무시해왔다. 무시하고 외면하며 피해온 게 사실이다. 손해 보는 일이라고 생각했기 때문이다.

그런데 과연 배려가 피해 보는 일일까?

공공질서를 지키는 것이 손해 보는 일인가 노약자를 배려하는 것이 불편한 일인가?

배려하면 내가 안전할 수 있다. 운전하면서 상대를 배려하면 내가 안전해진다. 나의 경험으로 상대방의 입장을 이해하는 운전을 한다면 사고는 충분히 방비할 수 있다. 그것이 바로 흔히들 이야기하는 방어운전이다.

그래서 상대방 또한 기쁜 마음으로 운전할 수 있게 된다면, 우리의 교통문화가 한 걸음 더 나아가지 않을까?

나를 사랑해야 한다. 나를 사랑하는 마음으로 상대를 이해하려는 마음이 배려이다. 그러니까 나를 사랑하지 못하면 배려는 엄두를 낼 수 없다. 세상에 단 하나뿐인 '나'를 내가 사랑하지 않으면 누가 나를 사랑하겠는가? 나를 사랑 할 수 없다면 그것은 생을 포기한 것이다.

내가 귀한 만큼 그 마음으로 상대를 존중해 줄 수 있는 마음, 그것이 배려이다. 자신을 희생하라는 것도 아니다. 이타심(利他心)일 필요도 없다. 그저 함께 살아가자는 것이다.

바쁘게 살면서 너무 삭막하게 변해버린 우리네 삶 이제는 바로잡아야 할 때이다.

조상 대대로 가슴 깊이 자리 잡고 있지만, 무언가가 두려워 꺼내지 못하고 있었던 우리의 따뜻하고 아름다운 마음들, 상대를 이해하고 존중하는 마음들, 깊이 묻어두었던 그 아름다운 마음들을 이제는 밖으로 끄집어내야 할 때이다.

그 시작이 배려이고 그 중심이 배려이다. 배려의 아름다움이 세상에 만연할 때, 그제야 비로소 더불어 살아가는 가치가 실현될 수 있을 것이고, 대한민국이 진정으로 선진국이라 말할 수 있을 것이다.

무학산과 나

지금 시간 새벽 네 시 오십 분. 정겨운 알람에 몸이 반응하며 스스로를 깨운다.

무거워진 앞쪽을 비우고 물 한 잔 들이켜고 주섬주섬 옷 챙겨 입고 집을 나선다.

한겨울 날씨답지 않은 따뜻한 날들이지만 그래도 오늘의 아침 공기는 꽤 쌀쌀하다. 차가운 공기가 상쾌하게 느껴지는 시내의 길을 삼십 분쯤 걷다 보면 무학산 입구, 그곳에서 산길을 삼십 분 쯤 더 오르면 학봉이다.

그곳에서 약 십 분 정도 머무르며 온갖 상념을 정리한 후, 곧바로 하산해서 집으로 돌아오면 일곱 시. 그렇게 아침 두 시간을 오롯이 산과 함께 보낸다.

이렇게 무학산과 조우하고 하루를 시작한 지 올해로 정확히 21년.

2003년 태풍 매미가 창궐하던 해에 무학산 근처로 이사했다가, 친구의 권유로 산행을 시작했었는데, 그 산이 좋아 지금까지 변함없이 다니고 있다.

그 오랜 세월 동안 참 많은 일들을 겪었지만, 그럴수록 산이 내게 주는 매력에 빠져든다. 산이 있어 고통을 잊게 해주고 산이 있어 기쁨이 배가된다.

그렇게 나 자신을 알아가면서 또한 삶의 의미를 깨우치게 해준 것도 산이다. 이제는 산과 떨어진 내 삶은 상상할 수 없다.

덕분에 생활 패턴이 많이 바뀌었다. 아침에 일어나기조차 힘들었었는데, 이제는 늦잠이 오히려 힘들다.

하루가 길어졌다.

산에 가는 아침 시간은 덤이다. 덕분에 아침형 인간으로 완전히 바뀐 것 같은데, 그 무엇보다 좋은 점은 모든 걸 일찍 시작하게 됐다는 점이다.

중요하고 시급한 일은 모두 오전에 해결한다. 다음으로 미루던 습관도 없어졌다. 언제 해도 될 일이라면 지금 한다. 그런 것이 습관이 되다 보니 몸이 한결 가볍다. 서두를 일이 없다. 걱정거리도 쌓이지 않는다.

몸이 많이 건강해졌다.

시간이 많다 보니 다른 운동도 많이 한다. 여건이 허락하는 한 내 몸을 위해 많은 걸 투자한다. 그러다 보니 몸이 좋아지는 건 어쩌면 당연한 일일 게다.

건강해서 산에 갔는데, 산에 가니까 건강해진다. 인생의 선순환이 산에서 이뤄진다.

정신도 맑아졌다.

아침에 맑은 기운을 마시며 명상을 오래 하다 보니, 어느새 많이 성숙해진 나 자신을 발견한다. 나이가 들면서 자연스레 성숙해지기를 기다렸다면 아마 지금도 어린애였을 것이다.

나 자신이 참 대견하게 느껴진다.

어떻게 20년을 한결같이 산에 다녔을까?

아무도 상상하지 못했다. 나 자신조차 신기할 정도다.

처음부터 이런 걸 기대하고 다닌 산은 아니지만, 세월이 흐르면서 자연히 산에 동화되어간다. 산과 함께 자연으로 돌아가는 느낌이다. 산과 함께 자연과 함께 물처럼 살고 싶다.

'무학산' 참 좋은 산이다.

지금은 이름조차 잊히고 있지만, '마산'이란 지명을 이야기할 때 빼놓을 수 없는 곳이 바로 무학산이다. 마산의 중심에서 서북으로 병풍처럼 둘러져 있는데, 그 기운이 앞바다까지 뻗쳐 있고, 학이 춤추는 듯한 형상을 하고 있어서 붙여진 이름이라고 한다.

특히 그 춤추는 학의 머리 부분, 산의 기운이 대부분 모여 있다는 학봉은, 예부터 이름난 학자나 선비들이 자주 찾았던 곳이다. 통일신라시대의 대학자 최치원 선생의 흔적은 산 곳곳에 남아있다.

최근의 예를 들자면, 지금은 고인이 되셨지만, 한 시대를 호령하던 씨름의 천하장사 김성률 장사가, 운동하고 후진을 양성하던 체육관이 산 입구에 자리 잡고 있다.

덕분에 마산의 씨름선수 대부분은 그곳에서 운동하고, 더불어 가까운 학봉을 제집처럼 다니면서 체력을 단련하다 보니, 자연히 그 기운도 함께 받아 가는 것 같다.

김성률 장사의 호가 '학산'인 걸 보면, 그분은 무학산 학봉의 기운과 그 기운의 은혜를 느꼈던 것 같다.

이만기, 강호동 같은 사람들도 같은 맥락으로 이해하면 쉬울 것이다. 당사자들은 아는지, 아니면 인정하지 않을는지도 모르지만…

나는 이 좋은 무학산을 아직도 다니고 있다. 이십 년을 한결같이, 누구보다 꾸준히, 누구보다 일찍.

요즘처럼 어두울 땐 불도 없이 다닌다. 어둠이 오히려 밝음보다 낫다. 집중이 잘 되고 생각이 명료해진다. 물론 이 아름다운 어둠도 머잖아 밝음으로 바뀌겠지만, 밝으면 또 밝으니까 좋은 것 아닌가. 그렇게 계절의 변화를 느끼면서 세월의 흐름을 즐기면서, 자연과 더불어 행복을 만끽하면 되는 거지.

그래서 나는 오늘도 산을 오른다. 내일도 또 그다음의 내일도 그렇게 산을 오를 것이다. 무학산의 신령이 허락하신다면 한 삼십 년은 더 다니고 싶은데, 그것은 내 욕심이려나…

느림의 미학

느긋하게 생각하고 느리게 행동하는 게 좋다는 사실은 웬만한 사람은 다 인지하고 있다.

문제는 현실이 그렇게 한가하지 않다는 사실이다. 오히려 그 반대로 항상 바쁘게 움직이고 조금이라도 남들보다 빨라야만 성공할 수 있다. 그러지 못하면 낙오자로 남을 수밖에 없는 게 현실이다.

바쁜 사람이 성공하고 성공한 사람은 바쁘다.

미국의 부호 빌 게이츠는, 길가에 백 달러짜리 지폐가 떨어져 있어도 그것을 줍는 시간이 더 비효율적이라는데, 그러고 보면 그 시간 효용가치의 개인차가 어쩌면 성공한 사람과 그렇지 못한 사람을 평가하는 척도가 될 수도 있겠다는 생각이다.

현실이 그렇다 보니, 느림은 결국 낙오와 같은 개념이라는 결론에 도달할 수밖에 없는데, 왜 사람들은 그것을 미화하는 것일까?

결론은 간단하다. 항상 그렇게 바쁘게 살아왔기에, 더더욱 느림이 필요하다는 사실을 알았기 때문이다.

헬스클럽에 가면 거꾸로 누워서 하는 운동이 있다. 그냥 기구에 누워있기만 하면 되는 운동인데, 잠시라도 그렇게 하고 있으면 상당한 편안함을 느끼게 된다.

직립보행을 하는 인간이기에 잠깐이나마 그 반대의 자세를 취하는 게 몸을 편안하게 한다는 걸 알 수 있다. 그렇게 보면 바쁘게 산 사람일수록 느림이 필요하다는 사실을 알게 된다.

육체적인 것도 병들고 나서야 겨우 인지할 수 있는 게 인간인데, 나 자신의 정신적 피로도가 어느 정도인지 판단하기는 정말 힘들다. 요즘 들어 부쩍 힐링을 이야기하는데, 느림을 실천하는 것이야말로 이 말과 딱 떨어지는 조합인 것 같다.

'느림'은 완성을 이야기한다.

모든 일을 느리게 할 수 있으면(해도 되면) 그것은 완성이다.

말을 천천히 하는 사람을 보면 경외감이 느껴진다.

산을 일부러 천천히 오를 수 있으면 그것은 능력자만 할 수 있는 일이다—이는 빠르게 오르는 능력이 있는 자만이 알 수 있는 일이다.

술을 천천히 마시는 것도 밥을 천천히 먹는 것도 능력이다.

섹스를 천천히 할 수 있으면 대단한 내공을 가진 자이다.

운동을 하면서 힘을 뺄 수 있는 것도 능력이다. 생각을 비우고 명상을 하면 정신이 맑아진다. 목표를 정하면서 기한을 정하지 않으면 마음이 가볍다.

바쁜 세상을 천천히 살 수 있으면 가히 신의 경지에 도달했다 말할 수 있을 것이다.

느리게 사는 것이 좋다는 사실은 나이가 들어가면 자연스레 알 수 있는 일이긴 하다.

물론 나이가 들어서도 욕심을 버리지 못한다면 모르겠으나, 욕심을 조금이라도 내려놓으면 편하다.

바쁜 일이 없다. 그래서 서두르지 않아도 된다. 주위에 나를 방해하는 일도 없다. 나 하고 싶은 대로 하면 된다. 누구의 눈치를 볼 일도, 누구 때문에 안 되는 일도 없다.

그렇게 느림과 늙음이 참 잘 어울린다는 걸 알게 된다. 늙어 봐야 비로소 인생을 조금 안다고 할 수 있을 것이다.

그래서 나는 지금부터 인생을 조금씩 알아간다.

시골의 한 초등학교 운동회 날.

두 바퀴 정도 뛰는 달리기 시합인 것 같은데, 앞서가는 애들보다 상당히 뒤처져 달리는 한 아이가 있다. 한참을 달리다 보니, 일등인 아이가 오히려 뒤에서 따라오는 모양새다. 그런데 이 아이, 달리면서 생각한다.

'일등이 뒤에서 따라오니 나는 특등이네!'

이제는 반백을 넘어 환갑을 바라보는 그때 그 아이. 모두들 저만치 앞으로 달려가고 있는 모습이 그때와 하나도 다름이 없다. 그리고 생각한다.

'한 십 년이나 이십 년쯤 늦게 태어난 셈 치지 뭐.'

나답게 살아야 한다

세상을 남을 위해 사는 사람들을 본다.

남을 위해, 남의 눈치를 보며, 남의 기분을 살피며 사는 사람들.

더불어 사는 세상에서 남과의 관계를 무시하고 살 순 없고, 나의 편리를 위해 남의 불편함을 외면할 순 없겠지만, 오로지 남을 위해 산다는 건 있을 수도 없고 있어서도 안 된다.

나를 위해 살아야 한다. 나를 위해 사는 것이 결국 주변을 위해 사는 것이라는 사실을 알아야 한다. 이 세상 수많은 사람 중에 나는 나 혼자인데, 내가 나를 위해 살지 않으면 누가 나를 위해 살 것인가.

다른 사람이 내 인생을 살 순 없는 일이고, 다른 이가 나를 위해 산다면 그것은 민폐이다. 결국 자기가 자기 인생을 살 수 없기 때문에, 남이 나를 위해 희생하는 것이다.

나를 내세우며 내주장을 반복하며 살자는 얘기가 아니다. 나만의 가치가 있어야 한다. 나는 나로서 분명 남과는 다른 무언가가 있어야만 한다.

나만의 확실한 가치관이 정립되었을 때, 그때 비로소 남을 위해 봉사하거나 희생할 수도 있다. 내 인생의 소중함을 스스로 자각해야만 다른 이의 인생도 존중할 수 있게 된다.

자기가 자기 인생을 책임지지 못하는 사람이 남의 인생에 도움을 준다는 건, 언감생심 말이 안 되는 일이다. 그것이 더불어 사는 세상이다. 각 개개인이 스스로 분명한 자기의식을 가지고 살아가는 세상이, 진정 아름다운 세상이라 할 수 있다.

살면서 가끔은 나를 돌아보는 시간을 가져야 한다.

나답게 산다는 것은 어떤 삶일까? 그렇다면 나는 나답게 살고 있을까? 나는 무슨 의미로 태어났으며 세상에 무엇을 남기고 갈 것인가?

혼자 있는 시간을 즐길 수 있어야 한다. 혼자서 자신과 대화하고 혼자서 상념에 잠기는 시간을 자주 가지면 나의 존재를, '나다움'을 조금씩 알아가게 된다.

성장하는 과정에서 자아를 만들어가고, 그렇게 나다운 나를 알아가면서, 나를 사랑하는 방법을 배우고 또 그렇게 세상과 화합하게 되는데, 문제는 그 세상이 내 생각대로 돌아가지 않는다는 사실이다.

결국은 그 다름을 인정하면서 타협하고 양보하며 살아가는 것이 인생이다.

그렇게 세월이 흐르면 어느 순간 나를 잃어버렸다고, 나를 찾지 못하고 있다고 자각하게 된다. 나 아닌 나로 변해버린 나, 그래서 내가 바라지 않던 나로 살아가고 있는 나를 발견하게 된다. 그렇게 나도 모르게 잃어버린 나의 존재를 찾아가는 과정이 인생이 아닐까?

어차피 한번 사는 인생이다. 되돌아볼 순 있어도 되돌아갈 순 없는 것이 인생이다.

가끔은 한 번씩 쉬어가면서, 지나온 세월을 되돌아보며 자신을 찾는 노력을 계속한다면, 언젠가는 진정한 나의 모습을 발견할 수 있을 것이다.

더불어 내가 세상에 기여할 수 있는 그 무언가를 찾아서 몰두하며 노력하는 삶을 살아간다면, 그 인생은 의미 있는 삶이라 말할 수 있지 않겠는가.

나는 어둠이 좋다

지금 시간 아침 6시 학봉이다. 봄이 멀지 않은 날이지만 이 시간 학봉의 아침은 어둡다 한눈에 들어오는 시내의 불빛만이 아름다운 경치를 연출할 뿐이다.

예전엔 몰랐던 어둠의 고마움을 알아간다.

다른 사람의 이목을 신경 쓰지 않아도 돼서 좋고, 나 혼자만의 상념에 멍때릴 수 있어 좋다 돌뿌리에 걸려 넘어져도 부끄럽지 않아도 된다. 무엇보다 집중이 잘 돼서 참 좋다.

그렇게 어둠을 즐기며 산을 내려오다 보면 조금씩 밝아지는 세상을 만난다.

발밑의 장애물이 보이고 멀리서 운동하는 사람들의 모습도 보인다. 그렇게 빛과 함께 또 하루를 조우한다. 밝음으로 시작되는 세상을 만나는 것이다.

그래서 어둠이 좋다. 새벽의 어둠이 좋다. 새벽의 어둠은 희망이고 축복이다. 머잖아 밝음이 찾아온다는 사실을 알려주는 동트기 전의 어둠은 오히려 등불이다. 밝음이 멀지 않았다는 사실을 알기에, 빛의 환희를 알기에, 짧은 어둠이 오히려 아쉬울 뿐이다.

필자는 남이 안 가졌거나 가지기 힘든 재주(?)가 하나 있다.

모든 걸 좋게 해석한다. 특히 나한테 어렵고 힘든 일이 닥쳤을 때 그것을 긍정으로 해석한다. 언제부터인지는 모르겠지만 그런 버릇이 생겼다. 어렵고 힘든 일도 결국 삶의 일부분일 뿐이다. 좋은 일만 연달아 겹치면 사는 게 재미없다. 분명 어려운 일은 닥쳐오기 마련이다. 그것을 이겨내고 극복해 나가는 과정이 인생이다.

그 어려움을 고통으로만 생각하면 사람은 한없이 나약해진다. 보다 나아지기 위한 도약의 과정이라 생각하면 충분히 이겨내는 힘이 생긴다. 분명 이겨낼 수 있는 만큼의 고통인데도 그것을 견디지 못하고 좌절하는 사람이 의외로 많다는 사실이 안타깝다.

어려움을 이겨내고 나면 좋은 날도 온다는 사실은 살면서 배운 진리이다. 그래서 긍정으로 해석한다. 지금의 이 고통은 분명 더 성장하기 위한 기회라는 사실을 조금씩 알아가는 과정이다.

백 세를 훌쩍 넘기신 김형석 교수님의 말씀 중에 "가장 고통스럽고 힘들었을 때가 기억에 오랫동안 남아있고, 사는 즐거움 또한 가장 많이 느꼈던 시기"라고 하시는 말씀은 아직 그 나이를 살지 못한 나에게 커다란 울림으로 다가온다.

　그렇게 긍정으로 살아가고 있다. 아니, 긍정의 힘으로 살아가고 있다.

　긍정적으로 살면 우선 세상이 밝게 보인다. 한 치 앞을 볼 수 없는 세상이지만, 희망으로 앞을 바라볼 수 있다는 사실은 인생의 큰 축복이라 스스로를 격려한다. 또한 즐겁다. 인생에 즐거움이 없다면 그것은 삶이라 말하기 힘들다. 어떤 식으로든 즐거워야 한다. 즐거운 인생 그래서 살아있음이 정말 고맙다.

　"신부님, 기도하면서 담배 피워도 됩니까?"

　어느 골초가 성당에서 신부님께 한 말이다. 분명 신부님이 허락하실 리 없다. 그러면 "담배 피우면서 기도해도 됩니까?" 처음부터 이렇게 말했다면?

　이것도 말로 전할 수 있는 또 다른 긍정의 힘이다. 말의 힘도 긍정으로 상대를 위로할 수 있는 기술이다.

　말을 잘하는 것이 내가 남에게 줄 수 있는 최고의 선물이고, 내가 나에게 주는 최고의 찬사이다. 억지로 남을 위하고 배려하려 노력하지 않아도 잘하는 말, 좋은 말은 항상 주변을 밝게 만든다. 그래서 말은 잘하고 볼 일이다.

2월 말, 아직도 겨울이다. 끝자락이긴 해도 분명 겨울의 추위가 남아있다. 며칠간 따뜻해졌다가 다시 찾아온 추위라 오히려 한겨울보다 더 추위를 느낀다.

하지만 봄은 분명 가까이에 있다. 지금의 이 차가움으로 다가오는 꽃무리가 더 반가울 것 같기도 하다.

봄엔 또 다른 희망을 만날 거라 기대하며 새벽의 어둠을 아쉬워하는 마음으로 겨울의 끝을 보낸다.

긍정의 마음으로

긍정의 힘은 대단하다. 세상은 긍정의 힘으로 돌아간다고 해도 과언이 아니다. 세상의 모든 발명품도 긍정의 힘으로 탄생했다고 보면 된다. 발명왕 에디슨도 세기의 과학자 아인슈타인도 모두가 긍정의 힘으로 이루어낸 것이다.

수많은 실패와 어려움을 극복하고 일어서서 도전할 수 있었던 것은 모든 걸 긍정으로 사고했기 때문이다. 실패를 두려워하고 매사를 부정적으로 바라보았다면 그들이 이루어낸 대단한 업적뿐만 아니라 이 시대 급격한 과학의 발전은 없었을 것이라 확신한다.

긍정으로 생각하고 긍정으로 사물을 볼 수 있다는 것은 커다란 힘이다. 희망을 이야기할 수 있고 행복을 느낄 수도 있으며 더불어 모든 것에 감사하게 된다. 세상을 밝게 보면 희망이 보이고 희망이 보이면 보다 나은 행복을 꿈꿀 수도 있다. 행복하다 느껴지면 지금 이 순간의 모든 것에 감사하게 된다. 그렇게 선순환되는 인생을 만나게 되는 것이다.

모든 것에 불만족하고 그래서 매사에 부정적인 사고로 생활하는 삶과는 엄청난 차이일 수밖에 없다. 물론 겉으로 보이는 모습은 별다르지 않을 수도 있겠지만 그것은 세상을 남의 눈으로 바라보고 남들의 시각으로 살 때는 그렇다는 것이다.

세상은 나 중심으로 살아야 한다. 내가 있어야 세상 또한 존재한다. 남이 내 인생을 살 수 없듯이 남의 시각으로 내 행복을 판단하는 건 있을 수 없는 일이다. 지금의 내가 행복하면 그만이다. 지금이 행복하면 그 인생은 분명 성공한 인생이다.

긍정과 부정의 차이는 엄청난 것이다. 부정적이었던 사람이 긍정적사고로 바뀐다는 건 어쩌면 불가능한 일일지도 모른다. 또한 부정적으로 세상을 바라보고 또 그렇게 산다고 해서 모두가 불행하다고도 할 순 없다.

하지만 한번 사는 인생을 세상의 어두운 면만 바라보며 부정적으로 산다는 것은 너무 가혹하다는 생각이다.

긍정으로 살든 부정으로 살든 삶의 모습은 다를 바 없겠지만, 겉으로 비교될 수 있는 한 가지 차이는 '웃음'이다. 웃음이 둘 사이를 알게 해주는 거울이다.

긍정적으로 생각하면 웃음이 떠나지 않는다. 떠날 수가 없다고 해야 맞을 것이다. 희망으로 세상을 바라보고 행복한 현재를 살고 있는 사람이 찡그리고 있는 얼굴은 상상하기 힘들다.

웃음은 또한 건강을 상징하기도 한다. 건강은 웃음이 가진 많은 장점 중의 하나이다.

또 하나의 좋은 점을 꼽자면 일을 즐겁게 할 수 있다는 것이다.

일에는 자기가 잘할 수 있는 일이 있는 반면 어렵고 힘든 일도 있다. 사실 세상에는 내가 잘할 수 있는 일보다 하기 힘든 일이 더 많은 법이다. 하지만 긍정적인 사람은 그 일조차도 재미있게 한다. 모든 일이 그렇다 내가 즐기면서 하는 일은 힘들지 않다 힘들어도 힘든 줄 모른다. 그러다 보면 어려운 일도 잘 해내게 된다.

이것이 긍정적 사고를 가진 사람의 큰 장점인데 사실 세상에는 이런 사람이 많지 않다. 부정적인 사람이 대부분이다. 그래서 세상은 긍정적인 사람이 좋은 인식을 받지 못하는 구조이다.

하지만 결국은 그 사람들이 앞서서 세상을 리드하게 되어있다. 또 그래야만 한다.

해병대 구호 중에 "누구나 해병이 될 수 있다면 나는 해병을

택하지 않았을 것이다."라는 구호가 있다. 필자는 해병을 제대하진 않았지만 그 구호를 참 좋아한다. "하면 된다."라는 말도 마찬가지다.

앞에서 긍정적 사고로의 전환은 불가능할지도 모른다고 했는데, 불가능에 가깝지만 완전히 불가능한 것은 아니다. 지금부터라도 좀 더 열린 사고로 앞을 내다보는 훈련을 하자. 누구나 할 수 있는 건 아니겠지만, 하면 된다고 믿는다.

결국은 '생각'이다. 이 생각 하나가 백년을 살아야 하는 세상을 아름답게도 추하게도 한다.

얼마나 살았느냐? 어떻게 살았느냐? 묻기보다는, 앞으로 어떻게 살 것인가 묻는 삶이 더 중요하다.

이제까지의 삶은 연습일 뿐이다. 지금부터 남은 인생이 진짜 인생이다. "과거는 바뀔 수 있다."라고 설파한 철학자도 있다. 지금부터의 삶이 아름답다면 그 인생 과거도 또한 아름답게 기억되는 것이다.

보다 아름답게 세상을 바라보자. 그래서 더 아름다운 세상을 스스로 만들어가자.

"고맙다, 사랑한다" 말하라

　세상이 삭막하다. 그러다 보니 고마운 일 감사한 일도 별로 없고 "사랑한다"라고 말할 사람도 별로 없다. 고마운 일을 고맙다고 얘기해도 그렇게 달가워하지 않는 반응도 종종 있다.

　아침 산행길에 만나는 사람들 인사하면 대부분 마지못해 받아준다. 어떤 때는 들은 척도 안 하고 지나가는 사람도 있다. 어두울 때 좁은 길에서 만나면 조금 무서운 기분이 들 수도 있을 것 같아 내가 먼저 인사하는 건데, 그럴 땐 조금 황당하다. 물론 먼저 보고 먼저 인사해 주는 반가운 사람들도 있지만…

　좋은 말은 하는 사람 자신이 먼저 좋은 영향을 받는다. 내가 먼저 좋은 생각을 하기 때문이다. 내가 좋은 생각을 해야 좋은 말을 할 수 있고 그래야 그 좋은 기분이 상대에게도 전달된다.

　그러니까 "복 받아라"라고 인사하면 내가 먼저 복 받을 준비를 하는 거나 마찬가지다. 복을 받고 싶으면 상대에게 복을 주는 말을 하고 나에게 감사하고 싶으면 내가 먼저 감사하다고 말하라.

감사한 일이 없다고 여기지 말고, 그냥 감사하라. 생각해 보면 모두가 감사한 일 투성이다. 나 스스로 '감사하다' 생각하면 남도 감사하고 싶어진다.

생각이 말이 되고 말이 행동이 되는 것이다. 좋은 말을 하다 보면 당연히 좋은 행동으로 이어진다. 좋은 말이 좋은 행동으로 이어졌을 때 그것이 좋은 습관이 되고 그것이 결국 좋은 인생을 만들게 된다.

인생은 어차피 혼자 가야 하지만, 혼자서는 살아갈 수 없는 것 또한 사실이다. 주변의 도움도 있어야 할 것이고 보이지 않는 신의 도움도 받아야 한다. 그러려면 나 자신이 세상의 도움을 받을 수 있는 자세가 되어 있어야 한다.

그 준비된 자세는 다름 아니라 내가 세상을 향해 도움 줄 일이 없는가를 고민하는 자세이다. 아무것도 가진 것 없고 내세울 것 또한 없는 것 같아도 분명히 뭔가를 줄 수 있는 것은 있다. 아무런 존재의 이유도 없이 내가 세상에 태어나진 않았을 테니까 말이다.

돈은 쓸수록 모인다. 싸움은 지는 것이 이기는 것이다. 사랑은 줄수록 더 많이 받는다. 역설이라 생각되는 이런 진리들을 많이들 알고는 있겠지만, 그렇게 이해하고 행동하기는 쉽지 않다.

문제는 내가 뭔가를 빨리 이루고 싶은 욕심이다. 그 욕심과 조급함을 조금 내려놓고 좀 더 멀리 보는 안목을 가진다면 세상이 생각 이상으로 나를 사랑한다는 사실을 알게 될 것이다.

세상은 바라보는 시각에 따라 다르게 보인다. 아름답게 보면 희망이 보이고 추하게 보면 절망이 보인다. 이왕 한번 사는 인생일 바에야 희망으로 바라보는 세상이 훨씬 이롭지 않겠는가.

"사랑한다" 말하라.

사랑하는 사람이 생겨서 말하면 더할 나위 없겠지만 그냥 말하라 혼자서 생각하고 혼자 지껄여도 좋으니 늘 "사랑한다." 말하라. 그러면 어느 순간 많은 것들이 사랑스럽게 바뀐다.

가까이에 있는 사람이 사랑스럽고 미워하던 친구가 사랑스럽고 지나가는 강아지도 사랑스럽다. 그렇게 만물이 사랑스럽다.

"고맙다" 말하라.

조그만 일에도 고마워하라. 그리고 고맙다고 말하라. 그러면 모든 것이 고마워지리라.

나를 이 세상에 태어나게 해주신 부모님이 고맙고 내가 살아 있음이 고맙다. 그렇게 존재의 의미와 함께 기여의 가치를 조금씩 알아간다면 언젠가 세상이 나를 고마워하는 날이 온다.

그리하여 나 떠나는 날, 세상이 나를 고마워하며 눈물 흘리는 모습을 그리며 그날을 향해 열심히 달려가자.

경험보다 좋은 공부는 없다

늙은이가 되면서 배움에 대한 가치를 조금씩 알아가는 것 같다.

배움이 곧 삶이고 산다는 것이 배워가는 과정이라는 사실을 어렴풋이나마 알아가고 있다.

나이가 들어가면서 지적 욕구가 떨어지는 사람도 있을 것이고, 일찍부터 배우려는 열망 자체가 없는 사람도 있겠지만, 무언가를 깨우치면서 얻는 기쁨은 분명하리라.

배움에 대한 욕망은 사람을 성장시키는 도구이다. 무엇이든 배우려고 마음먹으면 세상에는 배울 것이 너무 많다.

내가 아는 것이 정말 미미하다는 사실도 알게 되고, 무엇이든 배워서 손해 볼 것 없다는 사실도 알게 된다. 그렇게 세상 만물 모든 것에서 배울 것이 있다는 사실을 알게 되면서 결국에는 모든 것이 아름답게 보이기 시작한다. 그 모두가 나의 스승이자 맨토라는 생각에 이르기 때문이다.

그래서 배워야 한다. 배우려고 마음먹어야 한다.

세상에 다양한 공부가 있겠지만 살면서 배우는 공부만큼 알찬 것은 없다. 실패로 배우는 공부도 있고 성공으로 배울 수 있는 것도 있다. 그렇게 배우는 공부는 그 무엇과도 바꿀 수 없는 삶의 지혜가 된다. 그렇게 배울 거리가 다양하지만, 무엇보다 내가 배우려는 의지가 있어야만 가능한 일이다. 실패로 깨닫지 못하면 또 다른 실패를 이겨내지 못할 것이고, 조그만 성공의 경험을 지렛대로 이용할 수 있어야 더 큰 성공을 보장받을 수 있다.

배우려는 의지는 나이가 들면서 더 필요하다.

나이가 드는 것이 "늙어가는 것이 아니라 익어가는 것"이라고 하는데, 그만큼 많은 경험과 그것으로 축적된 지혜로 말미암아 보다 여유로운 삶을 살 수 있기 때문이다.

삶이 배우는 과정이라면, 결국 배우려는 의지의 유무에 따라 삶의 질이 달라질 수밖에 없다. 나이가 들면서 그 의지가 점점 희박해져 결국 생의 의지마저 놓아 버리는 사람들을 간혹 보게 되는데, 참 안타깝다. 그렇게 되면 그 이후의 삶은 스스로가 통제하지 못하는, 내가 원치 않는, 나로 살지 못하는 내 인생이 될 수밖에 없다.

배워야 한다.

생이 유지되는 한 배워야 한다는 생각을 놓지 않는다면 그 인생 마무리까지 아름다울 것이라 확신한다. 억지로 배우려고 할 필요도 없다. 살면서 의 경험이 곧 공부이다. 그 경험을 어떻게 해석하느냐가 내 삶의 가치로 쌓이게 된다.

물론 간접경험도 많이 쌓아야 한다. 간접경험이란 내가 체험해 보지 못한 것을 다른 매체 등으로 경험하는 것이다. 세상을 살면서 내가 경험할 수 있는 것은 사실 한정적이다. 따라서 간접경험은 더 많은 것을 직접 겪어보지도 않고 경험하는 것이다. 독서 등은 간접경험의 좋은 도구라 할 수 있다.

세상은 그렇게 많이 경험하고 많이 공부한 사람에게 유리한 법이다. 그래서 나이 든 사람도 얼마든지 유용하게 쓰일 수 있는 것이지만, 현실은 체력의 저하, 정신력의 퇴보 등으로 그렇지 못한 것이 사실이다.

경험보다 좋은 공부는 없다. 또한 많은 경험을 한 사람보다 더 뛰어난 사람도 없다. 그래서 늙은이도 충분히 사회적으로 영향력을 발휘할 수 있다.

문제는 스스로의 의지이다. 세상에 쓰임을 구할 것이 아니라 스스로 세상에 나아가야 한다. 더 많은 경험을 바탕으로 세상에 도움을 줄 수 있는 것을 찾으려 노력한다면, 세상에는 나의 도움이 필요한 그 무엇이 분명 있을 것이다.

　그렇게 늙어가야 한다. 그것이 이 시대의 늙은이가 해야 할 의무이고, 내 인생 홀대받지 않고 제대로 익어간다고 이야기할 수 있는 일이다.

결국은 혼자이다

인간은 언제나 혼자이다. 혼자 태어나고 혼자 살다가 혼자 죽는다. 주변 사람들과 더불어 살아가는 건 맞지만 그들이 내가 될 순 없다. 나와 똑같은 생각을 하고 똑같은 행동을 할 순 없는 일이다.

나는 나 혼자이다. "내 안에 또 다른 내가 있다"며 농담하곤 하는데, 사실이 그렇다면 그것은 정신병원에 가서도 해결하기 어려운 큰 문제이다.

그런데 진짜 문제는 혼자 살 수는 없다는 사실이다. 혼자라는 것과 혼자서 살아간다는 건 별개의 문제이다. 혼자서 평생을 살 순 없다. 어떻게든 주변의 도움을 받으면서 주변과 어우러져 살아가야만 한다. 그래서 인간은 '사회적 동물'인 것이다.

어릴 때는 부모의 도움으로 살다가, 결혼을 해서는 부부가 함께 살고 늙어서는 사회공동체의 도움을 받으며 살다 생을 마친다. 결국은 주변의 도움으로 살아가는 것이다. 주변이 있기에 살 수 있는 것이 인간이기도 하다. 물론 나 또한 그 주변의 한 사람으로서 알게 모르게 누군가를 도우며 살아가겠지만 말이다.

그러니까 인생이란, 내가 사회로부터 받은 혜택을 어떻게 생각하는지, 그래서 그 혜택을 얼마만큼이나 돌려주고 가는지에 따라 그 생의 의미가 결정되는 것 아니겠는가?

그러기 위해서는 외로움과 친해져야 한다. 나아가 외로움을 즐길 수 있어야 한다. 이것은 나이가 들수록 더 또렷해지는 사실이다. 배우자가 있든 아니든 혼자서 생각하고 혼자 있는 시간을 가지는 연습을 많이 해서, 그런 행동들이 쌓인다면 혼자가 즐겁다는 생각에 이를 것이다.

사실 혼자서 할 수 있는 일은 많이 있다. 혼자 독서해도 되고 사색해도 된다. 집에서 혼자 할 수 있는 운동도 얼마든지 있다. 모두가 내 인생에 도움이 되는 일들이다. 업무상 중요한 일이라면 모를까, 별 의미 없이 주변과 어울려 지내는 시간은 그 순간은 즐거울지 몰라도, 지나고 나면 남는 게 별로 없는 허무한 시간이 대부분이라는 사실을 알게 될 것이다.

혼자서 산행하다 보면 얻는 게 많다. 사색하며 생각을 정리할 수 있고, 내 보폭대로 나만의 속도로 걸으면서 내 방식으로 내 건강을 체크할 수도 있다. 여럿이서 하는 산행은 그냥 즐기는 것이지만 혼자서 하는 산행은 내 인생을 살찌우는 일이라는 사실을 알아간다. 덕분에 여럿이 하는 산행에 뒤처지지 않을 수 있다는 사실 하나로도 기쁜 일이다.

혼자 있는 시간은 알차다. 인생을 살면서 참 많은 시간이 주어진 것 같지만, 사실 시간은 그리 많지 않다. 시간은 기다려 주지 않고 무심히 그냥 지나가 버리기 때문이다.

또한 온전히 나를 위해 쓸 수 있는 시간은 정말 미미하다는 사실을 알아야 한다.

혼자 있는 시간은 온전히 나만의 시간이다. 나만의 시간을 만들어 가면서 그래서 그 시간을 즐기는 여유를 가질 수 있다면. 인생의 진정한 의미를 찾을 수도 있으리라 믿어본다.

혼자 있는 시간이 길어지면서 많은 걸 배운다. 인생의 거의 모든 것을 혼자가 되면서 배우는 것 같다. 그전에는 배우려는 생각을 잘 안 하다 보니 배운다는 의미를 모르고 살았는데, 이제는 모르는 것이 너무 많다는 사실을 깨우쳐간다.

그래서 배우고 싶은 것이 너무 많다. 혼자 있는 시간이 많아지다 보니 시간에 대한 고마움과 함께, 이 고맙고 소중한 시간을 내 방식대로 유용하게 사용하는 방법을 조금씩 알아간다.

혼자라서 참 좋다. 그래서 나는 내가 좋다.

건강에 관하여

인생을 살면서 가장 중요한 것을 꼽으라면 누구라도 건강을 말할 것이다. 이것은 나이가 들어가면서 더 절실히 느낄 수밖에 없는 생활철학이라고 할 수 있다. 그러니까 젊었을 땐 잘 인식하지 못할 수도 있는 일이다. 그때는 돈, 권력 같은 걸 더 위에 두고 말할 수도 있을 것이니까.

그래서 어쩌면 건강을 논하는 것은 늙은이들의 전유물인 것 같지만, 필자는 오히려 젊은이들에게 이 말을 꼭 해주고 싶다. 젊었을 때 건강을 관리해야 한다. 건강할 때 건강을 지키지 못하면 늙어서 후회한다. 젊었을 때 잘 관리한 사람과 그렇지 못한 사람은 노년에 접어들면 엄청난 차이를 보인다. 이른 나이에 사망한 사람은 물론 지금 병들어 누워있는 사람은 제쳐두고, 그냥 길거리에 걸어가는 사람을 놓고 보더라도 확연한 차이를 보인다.

친구 사이에 걸어가는데 누구는 할아버지처럼 보이고 누구는 아저씨이다. 아버지와 아들이 대화하는 것처럼 보인다. 이런 이야기를 젊은이들은 이해하지 못할 수도 있겠지만 이것은 현실이다. 돌이킬 수 없는 현실이다.

물론 이것은 외모로 이야기하는 것이기에 건강과는 조금 다른 이야기라 생각할 수도 있겠지만, 오히려 나이 들어서 외모가 아주 중요하다. 몸의 모든 상태를 말해주고 있기 때문이다. 내면의 성격 즉 정신건강, 몸의 상태, 살아온 모습까지 모든 것을 보여주고 있는 것이 외모이다. 그러기 때문에 외모를 관리하는 것이 결국은 우리 몸 전부를 관리하는 것이나 다름없다.

어렸을 때 잘 먹었는지, 그렇지 못했는지는 청년기에 드러나지만 치명적이진 않다. 하지만 청년기에 관리하지 못한 몸은 노년이 되면 확연한 차이로 드러난다. 물론 유전적으로 타고나기도 한다.

내가 채 인식하지 못할 어릴 때의 일이야 어쩔 수 없는 일이라고 하더라도, 지금부터는 내 몸 내가 관리해야만 한다. 그것이 그 무엇보다 우선한다는 걸 제대로 인식할 수 있으면 좋겠다.

'내가 내 몸 관리하지 않으면 남이 내 몸을 관리하게 된다.'

그렇게 되면 이미 내 인생 나의 것이 아니다. 건강은 건강할 때 지켜야 한다. 지금 내가 건강하든 그렇지 못하든 지금이 시작이다. 지금부터 시작하면 된다. 지금 비록 건강하지 못하더라도 스스로 할 수 있는 일이 분명 있다.

젊었든, 나이가 들었든, 내가 움직일 수 있으면 움직이면서 건강을 관리해야만 한다. 그렇다고 현재의 몸을 20년 전으로 되돌릴 순 없겠지만 이 정도의 상태를 유지하기만 해도 충분히 만족할 수 있는 일 아니겠는가.

정신건강도 마찬가지다 건강한 정신과 건강한 신체는 함께 갈 수 있어야 한다. 둘 중 하나를 잃으면 다른 하나로는 지탱하기가 힘들다. 어쩌면 둘 다 잃은 것보다 못 할 수도 있다.

정신건강이라는 건 사실 별것 아니다. 항상 좋은 일을 생각하고 긍정적인 마음을 유지한다면, 그래서 늘 얼굴에 웃음이 떠나질 않는다면 아주 건강한 정신을 가졌다고 말할 수 있을 것이다. 모두 그런지는 모르겠지만 나이가 어느 정도 되면 사람을 보는 눈이 달라진다. 그 사람의 살아온 세월이 보인다. 얼굴, 표정, 행동하나 하나에서 숨길 수 없는 그 무엇이 보인다. 말투에서 거짓이 보이고 표정에서 진심을 알 수 있다.

관상가 철학가가 하는 이야기가 아니라 보편적으로 알 수 있는 이야기를 하는 것이다. 그래서 세월은 속일 수 없다고 말하는 모양이다.

건강해야 한다. 건강하게 자신을 관리한 사람은 그 안에 남들과는 다른 무엇이 있다.

다른 사람에 비해 대단히 밝은 모습을 하고 있다면, 또한 그렇게 관리했다면 그 사람은 분명 세상을 밝게 보고 살았을 것이며, 또한 대단한 자기절제력을 지녔을 것이다.

그 사람은 늘 행복을 말한다. 건강을 이야기하고 희망을 논한다. 그런 사람과 함께하고 싶다. 정신이 맑고 육체가 건강한 사람, 그 사람과 더불어 인생을 이야기하고 싶다.

걱정할 이유는 없다

바쁜 세상을 살아가면서 걱정하고 있을 시간은 없다. 걱정하는 시간에 한 가지 일을 더 하는 것이 낫다.

걱정한다고 해결되는 일은 아무것도 없다. 걱정으로 해결될 일이었다면 애초에 걱정할 필요가 없었던 일이다. 걱정해서 해결될 일은 걱정을 안 해도 해결된다는 말이다.

걱정할 시간에 미리미리 대비하고 준비하면 된다. 또한 매사에 '조심'해야 한다. 조심하면 걱정을 없앨 수 있다.

조심은 현재형이고 걱정은 미래형이다. 그러니까 현재에 조심하면 미래의 걱정은 필요 없는 것인데, 사람들은 항상 미래의 걱정은 하면서 현재형인 조심에는 소홀한 편이다.

현재를 잘 살아야 한다. 아직 오지 않은, 아니면 영원히 못 올 수도 있는 미래를 걱정하지 말고 현재에 집중해야 한다. 바로 지금, 지금에 집중하면서 조심하고 또 조심한다면, 다가올 미래는 오직 즐거움만 있을 거라 믿는다.

　걱정은 사람을 늙게 만든다. 사람은 걱정으로 늙는다. 미래를 걱정하기 때문에 늙는 것이다.

　인간은 과거를 회상하고 미래를 걱정하는 것으로 사는 존재나 다름없다. 그래서 걱정을 완전히 지우지는 못하겠지만 대부분의 걱정이 안 해도 되는 것이기에 문제다.

　걱정을 많이 하면 건강에 커다란 문제가 생긴다(우울증 같은 것도 걱정 때문에 생기는 것이다. 또한 치매가 문제이다. 전문가가 아니면서 치매를 논하기야 어렵겠지만 내 할머니 두 분과 내 아버지의 죽음을 지켜보면서, 또한 구순의 어머니를 모시면서 느낀 나만의 생각이니까, 독자님들께서 알아서 판단하시길 당부드린다).

　치매의 원인이 과거 회상과 미래의 걱정으로 이루어진 것 같다. 많이 진행되었을 때야 과거의 회상이 주를 이루겠지만, 그 시작은 미래에 대한 걱정이 아닐까 생각한다.

　일어나지도 않을 미래에 대한 좋지 않은 생각으로 치매가 시작되는 것 같다. 상상과 공상을 반복하다가 그 상상이 현실과 교차되면서 차츰 현실을 인식하지 못하게 되는 게 아닌가 생각된다.

　꿈을 생각해 보면 가능할지 모르겠다. 꿈을 꾸고 나면 현실과

분간이 힘든 경우가 가끔 있다. 오래전에 꾼 꿈이 깊이 각인되어 현실에 일어났던 일처럼 회상하게 되는 경우가 있는데, 이것은 나 혼자만의 경험일지도 모르겠다.

이렇게 걱정은 무서운 것이다. 걱정은 분명 현실은 아니다 걱정이 곧 현실이 되어 나타날 수는 있겠지만 현실이 아닌 것은 확실하고, 오로지 미래에 대한 상상일 뿐이다.

나이가 들어가면 "생각은 줄이고 감각을 키워라"라고 하는데, 이 말은 상상을 하지 말고 현실을 직시하라는 뜻이지만, 실제로는 그 반대로 가고 있다. 현실을 느끼는 감각은 점점 줄어들면서 상상은 계속 더 키워가고 있다. 그것도 좋지 않은 상상으로만… 그렇게 점점 더 현실과 멀어지는 것. 그것이 어쩌면 죽어가는 과정일지도 모르겠다.

하지만 그렇게 죽어서야 되겠는가. 그렇게 현실과 정신과의 분리가 이루어져 한참을 지나서 죽음을 맞이한다면, 그 삶이 정상적인 삶이라 할 수 있겠는가.

나이가 들어가면서 정신과 육체의 동반죽음에 대하여 많은 생각을 하게 된다. 정신과 육체 어느 한쪽이 거의 다 죽었다면, 그것을 죽은 것인가, 아니면 살아있는 것인가?

그것은 죽은 것도, 산 것도 아닐 수 있다. 그것은 정말 죽음보다 훨씬 고통스러운 일이다. 그런 죽음만은 피해야 한다. 그러기 위해서 평소에 정신과 육체의 밸런스를 맞추는 노력을 해야만 한다.

"상상과 걱정을 줄이고, 현실을 직시하는 노력을 하면서, 몸은 좀 더 움직이는 것."

이것만이 반쪽짜리 삶이 남는 그 끔찍한 일이 일어나지 않을 수 있는 유일한 해결책이다.

○

어느 여인에게 보내는 편지

어느 날 우연히 받은 모르는 사람으로부터의 편지 한 통, 그 편지는 나에게 많은 생각을 하게 해준 편지이면서 또한 작가로서의 자긍심을 느낄 수 있게 해준 고마운 편지이다. 이제 겨우 책 한 권 출간했을 뿐인데, 멀리서 보내온 한 통의 편지는 기쁨을 넘어 감동이라는 표현마저 한참 모자랄 정도이다.

사실 이번이 두 번째 작품이지만 유통까지 생각하면서 출간한 책은 이번이 처음이라 편지를 받을 거라곤 생각도 안 해봤던 일이었다. 기약 없는 영어의 차가운 골방에서 정성을 다해 써서 보낸 손 편지, 그 고마운 여인의 행복을 기원하며 잠시 끊겼던 편지 다시 한번 써본다.

영선 씨

잘 지내시죠?

최근 편지를 하지 못했던 이유는 잘 알고 계시니까 안 하겠지만, 그래도 한 주일이 멀다 하고 소식 전하다가 몇 달을 모르고 지내니까 궁금하네요.

대상포진은 좀 어떤지, 요즘도 계속 작업복 만드는 일을 하시는지, 수학 공부, 그림 공부는 잘 되어 가는지, 혹시 그사이에 출감하신 건 아닌지… 별 궁금한 일이 많네요.

물론 모든 게 잘되고 있으리라 믿습니다. 영선 씨처럼 긍정으로 세상을 바라보는 사람에겐 분명히 세상은 긍정으로 답해줍니다. '좋게 생각하고 좋은 마음으로 세상을 바라보는데 세상이 부정으로 답할 수 없다'는 사실은 살면서 깨우친 진리입니다.

과거를 되돌아봅시다. 하지만 그 과거에 매몰되거나 집착하진 맙시다. 과거는 과거일 뿐. 그래서 그 과거를 돌이키며 잘못은 반성하고, 좋은 점은 지키면서 오늘을 살고 또한 내일을 삽시다.

우리는 아직 젊습니다. 칠십에 비하여 젊고 백 세에 비하면 한참을 어립니다. 나는 요즘 같으면 백 이십 살은 충분히 살 것 같습니다. 그래서 오래전부터 내 인생을 전성기는 칠십부터라 생각하고 또 그렇게 계획하고 준비하며 실천하고 있습니다.

건강하세요. 건강해야 합니다. 건강하지 못한 백 세는 죽음보다 못합니다. 건강은 건강할 때 준비하는 겁니다. 물론 건강하지 못할 때도 노력하면 건강해질 순 있겠지만, 그러려면 훨씬 더 많은 노력이 필요하다는 건 모두가 알고 있는 사실이지요. 나이가 들어가면서 건강한 사람도 점점 체력이 고갈되는 건 어쩔 수 없는 현실이니까요.

영선 씨.

같은 동년배로서 똑같은 세상을 살진 않았지만, 영선 씨나 나나 세상에 빚이 많은 사람들입니다. 그래서 더 남보다 돌려줄 게 많은 사람들입니다. 많은 걸 돌려줘야만 합니다.

그래서 건강해야 합니다. 그래서 더 많은 걸 준비해야 합니다. 기회는 올 겁니다. 분명 머지않은 장래에 그 기회가 올 거라 확신합니다.

조급하게 생각하진 마십시오. 우리 나이라서 좋은 점은 바쁜 일이 없다는 것 아닙니까. 서두르지 않아도 된다는 점이 얼마나 좋습니까. 인생의 여유는 인생 후반에 누린다는 것. 어쩌면 당연한 말이겠지만, 생각처럼 실천할 수 있는 사람은 많지 않을 겁니다.

결국은 생각입니다. 생각을 여유롭게 하면 행동은 자연히 여유로워집니다.

당당해야 합니다. 현재의 내가 당당하지 못하면 과거의 나뿐만 아니라 미래의 나는 더욱 초라해지는 겁니다.

"과거는 바꿀 수 있다"라는 어느 철학자의 말은 큰 울림을 줍니다.

사람은 나이가 들면서 익어간다고 했습니다. 나는 내 나이가 너무 좋습니다. 젊었을 땐 몰랐던 일들을 조금씩 알아가고 있습니다. 젊었을 땐 보이지 않았던 것들이 보이기 시작합니다. 젊었을 때 잘못한 실수들이 공부가 되어 실수를 반복하지 않을 경험으로 남았습니다.

행동에 책임을 지고 싶습니다. 그래서 조심스럽기도 하지만 이 또한 어른의 멋이 아닌가 생각합니다. 어른이 되어간다는 사실은 참 기분 좋은 일입니다. 자기의 발자국 하나하나에 의미를 남겨야 한다는 사실을 젊었을 땐 몰랐습니다. 어른이기에, 어른이 되어가는 과정이기에 가능한 일인 것 같습니다.

늘 건강하세요.
그래서 우리 함께 멋지게 제대로 된 어른으로 익어갑시다.

아들 이야기

아들 이야기를 하고자 한다. 아들 자랑을 한다고 하는 것이 맞는 표현이겠지만 그래서 팔불출이 되어도 할 수 없다.

내 아들은 지금 백수다. 좀 더 정확히 말하면 간병인이다. 병든 엄마 간병이 직업(?)이다.

학교 다닐 때 공부도 잘해서 모두가 인정하는 좋은 대학에 들어가고, 덕분에 다니던 고등학교에서 축하금 명분의 장학금도 받고, 돈 한 푼 거의 들이지 않고 대학을 나와서, 학사장교로 군대에도 다녀왔기 때문에 스펙도 좋다.

취업하지 못한 이유는 한 가지, 나이가 많아서다.

재수하기도 했고 대학을 다니며 한 해를 휴학했다. 또한 남들보다 오래 군 생활을 하다 보니 또래들 보다 늦은 나이로 취업 전선에 뛰어들 수밖에 없었는데, 늦은 시작이 부담스러운지 선뜻 직업을 선택 못 하는 것 같았다.

그렇게 몇 해 시간이 지나가고, 이제는 정말 제대로 된 직장을 구하기 어렵게 되었다고 생각할 무렵, 다행히 서울에 직장을 구해 몇 개월 정도 일했었는데…

　어릴 때 말썽 한 번 안 피우고 착하던 아이. 학원 한 번 안 보내도 알아서 공부도 잘하던 아이. 그 아이의 인생이 부모의 잘못으로 자꾸 어긋나는 것 같아 안타깝다.

　형편이 어려운 건 차치하고, 그 어려운 가정형편으로 인하여 결국은 부모가 이혼까지 하게 되고, 그로 인해 대학을 다니면서 돈 벌겠다고 휴학까지 했다. 겨우 졸업은 했지만, 전도양양하리라 믿었던 그 인생은 그때부터 많이 꼬일 수밖에 없었던 것 같다.

　힘들게 구한 직장을 채 몇 개월도 하기 전에 엄마의 중병 소식을 듣고 그길로 직장을 그만두고 엄마 병간호에 매진한 지 벌써 2년여.

　병원에서는 암이 너무 많이 진행되어서 수술조차 할 수 없다고 진단했다. 그 희망이 없다는 환자를 데리고 여기저기 용하다는 병원은 다 다닌다. 게다가 한 시간이 멀다 하고 체온을 확인해 가면서 밤잠 제대로 자지 못하고 간호한다. 아직도 최소 2주에 한 번 서울 병원으로 왕래한다. 무척 힘들고 지칠 수도 있으련만, 힘든 내색 한 번 안 한다.

　모두가 아버지인 나의 잘못인 것 같아 많이 부끄럽다.

　가정을 잘못 관리한 것도, 그래서 이혼하게 된 것도 가장인 나의 잘못이다. 부모 잘 만나 승승장구하는 내 주변의 자녀들을 보면서 부모의 역할이 얼마나 중요한지 다시금 헤아리게 된다. 물론 그때는 부모가 자식의 장래를 책임져야만 할 미성년자일 때의 이야기이다.

　그런데 지금은 어떤가. 지금은 오히려 부모가 그 자식의 장래를 막고 있다. 자식의 장래를 도와주지는 못할망정 그 자식의 장래를 방해하고 있는 부모는 과연 어떤 사람들인가.

　내 아들의 장래를 위해 무엇인가 내가 돕고 싶다. 하지만 도울 수 있는 게 거의 없다. 재정적인 것은 물론이고 나도 구순의 노모를 모시고 있기 때문이다.

　노모가 아직도 거동을 완전히 못 하는 것은 아니라 어느 정도 혼자 생활이 가능하시지만, 그래도 혼자서 움직이시는 게 안타까워 수년 전부터 내가 집안생활을 도맡다 보니 요즘은 다시 혼자 생활하기를 힘들어하신다. 솔직히 말하면 잘 안 하려고 하신다.

그런 노모를 남겨두고 내가 무엇을 할 수 있단 말인가. 참 얄 궂은 운명이다.

세상에 많은 부모가 있고 또 자식이 있다.

내 자식 입장에서 보면 나 같은 아버지는 도움이 안 된다. 도움이 안 되는 걸 넘어 방해하고 있는지도 모르겠다. 그래도 원망 한 번 안 한다. 이혼한 부모가, 능력 없는 아버지가 많이 원망스럽기도 할 텐데 싫은 내색 한번 안 한다. 사실 나 같은 경우 자식들이 원망하고 따지면 차라리 변명이라도 하고 싶었는데, 그런 내색 한 번 안 하는 내 자식들이 오히려 두렵기까지 하다.

덕분에 이혼한 지 오랜 시간이 지났어도 자식들과의 관계는 예전만 못하지 않다. 오히려 더 살가워진 것 같다. 키워주신 할머니 은혜 잊지 않고 자주 찾아와서 건강과 안부를 챙긴다. 참 기특하고 고마운 내 아들 내 딸이다. 이런 아들의 능력을 나는 믿는다.

이제 더 이상 부모를 걱정하며 잠 못 드는 일 없이 그 좁은 울타리를 걷어치우고, 큰 세상에서 더 많은 사람에게 도움을 주는 보람된 일을 할 수 있길 애타게 기다리며 응원한다.

도덕성 회복이 먼저다

내 탓이오

잘못을 남의 탓으로 돌리는 사람을 간혹 본다. 간혹 보는 것이 아니라 사실은 그런 사람이 더 많은 세상이다.

요즘에는 자주 쓰진 않지만 "잘못은 조상 탓 잘된 것은 내 탓"이라는 말이 한동안 유행하기도 했었고, 요즘엔 '내로남불'이라는 신조어가 생기기도 했는데, 이 모두가 우리의 현실을 그대로 대변해 주는 말들이다.

사실 이렇게 생각하면 편하다.

'모든 잘못은 나 아닌 다른 것에 의하여 생겼기에 나는 아무 잘못이 없다.'라고 생각하고 '잘된 것은 다 내 능력이다.'라고 말한다면?

정신건강에 이만큼 좋은 일이 어디 있겠는가? 세상살이 아무 걱정이 없을 것이다. 또한 그렇게 생각하며 살 수 있는 것도 크나큰 능력이다.

하지만 그런 생각은 위험하다.

좋지 않은 일을 모두 남 탓을 하면 세상에 믿을 사람이 없어진다. 나 말고는 모두 옳지 않다. 나 빼고 모두가 잘못이다. 그래서 주변 모두를 불신하고 나아가 세상을 못 믿게 된다. 더불어 사는 세상은 상상도 할 수 없는 일이다.

좀 과장된 이야기이고 비약이 심하다고 할지 모르겠으나, 이것이 현실이라는 사실도, 또 이렇게 살아가는 사람이 많다는 사실도 모두 살면서 배우는 진리이다.

모두가 나 하나의 조그만 생각 차이에서 발생한다. 그것이 결국 세상을 바라보는 시각이 되고, 그 시각이 굳어져서 인생이 되는 것이다.

지금부터라도 그 시각과 생각을 조금 바꿔 보는 건 어떨까.

남을 탓하기 전에 나부터 되돌아보고, 나의 성공에 도움을 준 주변 사람들을 떠올려 보는 건 어떨까. 그러다 보면 분명히 알 수 있는 것이 있을 것이다. 나의 잘못이 남의 잘못보다 크다는 것도, 내 성공의 대부분이 남의 도움이었다는 것도 말이다.

세상은 나 중심으로 돌아간다. 이것은 나의 세상이다. 내가 없는 세상은 존재하지 않는다. 적어도 내 살아있는 동안은 그렇다. 그것을 깨우쳐야 한다. 그러면 남을 원망 할 수도 미워할 수도 없는 일이다. 오로지 내 인생을 도와주는 사람들만 있을 뿐이다.

미워하는 사람이 있다면 미워하지 않는 방법을 깨우쳐주기 위해 있는 것일지도 모른다. 미운 사람을 한참을 미워하다 보면, 결국은 내가 손해라는 사실을 알게 된다. 그 사실을 알게 되면 그 미워하던 사람이 고마워진다. 그렇게 내 인생이 한 단계 성장한다는 사실을 알게 되기 때문이다.

적도 마찬가지다. 살면서 적을 만들진 말아야 하겠지만, 어쩌다 보면 적이 생길 수 도 있다. 하지만 그 적이라는 것도 내 인생에 해만 끼치는 것은 아니다. 다음부터는 적을 만들지 않겠다는 다짐, 그 다짐을 할 수 있는 것만으로도 많이 배운 것은 분명하니까 말이다.

무엇보다 우선 생각해야 하는 점은, 나의 적도 내가 미워하는 사람도 모두 내가 만들었다는 사실이다. 내가 없었더라면 애초부터 존재하지 않았을 사람들이다. 모두가 나로 인하여 만들어진다는 사실, 이 사실만은 확실한 진리이다.

하지만 그때는 몰랐다. 건강이 중요하다는 사실도, 시간은 아까운 것이라는 사실도 젊었을 땐 몰랐다. 오로지 앞만 보며 질풍노도처럼 내달리던 그 시절에도 그때만의 깨달음이 분명히 있었으련만… 좀 더 일찍 지금의 이런 생각을 할 수 있었다면 한 층 더 의미 있는 인생을 살 수 있지 않았을까?

필자의 이런 이야기가 현실에 맞지 않은 공자님 말씀처럼 들리는 사람도 있겠지만, 이 책을 읽으시는 독자분이라면 공감해 주시리라 믿는다.

도덕성 회복이 먼저다

사람은 제각각 자기 취향대로 산다. 보고 싶은 것만 보고, 듣고 싶은 것만 듣고, 그래서 그만큼의 기억과 시각으로 산다.

한 가지 사실을 두고 기억하는 것은 다 제각각이다. 진실은 하나인데 기억은 모두가 다르다. 각자가 자기의 편리에 따라 살을 붙이고 또 부풀리다 보니, 오래된 사실은 진실 그대로 기억되기가 불가능에 가깝다.

"인간은 망각의 동물이다."라고 하는데, 망각할 수 있어서 다행일 수도 있겠지만, 진실을 곡해하는 건 조금 다른 문제이다. 그것을 조작하여 만들어내고 선동하는 사람들이 존재하기에, 문제가 더 심각해지는 것이다.

친구들 사이에서도 정치를 논하다 보면 생각이 너무 다르다는 걸 알 수 있다. 물론 친할수록 정치 이야기는 하지 말라고 하고, 또 될수록 그런 이야기는 안 꺼내려 하지만, 그래도 어쩌다 보면 하기 싫어도 하게 되는 경우가 있다.

똑같은 정치인과 똑같은 사안을 두고, 어떤 이는 영웅이라 칭하고 어떤 이는 인간이 아니라고 욕한다. 사실의 왜곡이 도를 넘은 느낌을 지울 수 없다.

또 다양성이 존재하는 시대에 차라리 다양한 생각을 이야기하면 좋으련만, 오로지 흑과 백, 이 두 가지 색깔로만 극명하게 나눠진다.

많이 진보한 세상에 정치만은 계속 퇴보하고 있는 현실이 안타까운 일이다.

더 심각한 문제는, 그 저질스러운 정치가 민생을 볼모로 우리 국민의 도덕성마저 무너뜨리려 하고 있다는 것이다. 도덕성이 심각하게 훼손된 정부나 정치인은 국민이 나서서 바꾸면 된다지만, 국민이 도덕성을 잃으면 더 이상 손쓸 방법이 없다. 나라가 무너지는 것이다. 우리 대한민국이 지금 그런 과정을 진행하고 있는 것 같아 끔찍하다.

우리는 왜 이렇게 후퇴하는 정치에 휩쓸려 다니는가?

정치에 관심을 가지지 않을 수는 없는 것일까?

정치는 그들만의 일로 내버려 둘 순 없는 일일까?

정치가 민생이라고 하지만 정치에 발목 잡힌 우리의 민생이 애처로울 따름이다. 무관심이 답인 것 같은데 그것이 어렵다 그들은 항상 민생을 이야기한다. 정치에 민생을 빼놓고 말할 수는 없다. 정치 행위란 것이 민생 그 자체일 수도 있기 때문이다. 그러니까 우리의 삶에 관한 일을 나라의 주인인 국민 스스로 외면할 수 없는 일이라는 사실이 안타까울 뿐이다.

사실 무슨 일이든 지나친 관심이 문제를 일으킨다. 그것이 집착을 부르고 집착이 나아가 눈과 귀를 멀게 하는 중독으로 이르게 된다.

우리나라 사람들의 정치를 향한 관심은, 이제 중독의 수준 그 이상을 향해 달려가고 있는 것 같다. 사이비 종교에 빠진 광신도의 모습이다. 이래서야 어떻게 진실을 분별할 수 있을 것이며 이성적인 판단이 가능하겠는가.

빠르게 성장한 경제력 덕분에, 일찌감치 분수를 모르는 안락함에 취해버린 나라.

급작스런 여성 우대의 시대가 지나쳐 가임 여성들이 결혼을 안 하고, 남성들은 하고 싶어도 못 하고, 그래서 태어나는 아이가 지구상에서 가장 빠른 속도로 사라져가는 나라.

정치에 중독되어 진실과 정의는 실종되고, 오로지 네 편 내 편만 나뉘어져 국민의 도덕성이 급속도로 무너져가는 나라.

이런 내 조국의 가까운 미래가 보이는 것 같아, 열대야의 뜨거움과 함께 이래저래 잠 못 이루는 한여름의 밤을 보낸다.

돈의 힘

돈이란 무엇인가?

자본주의 사회에서 돈은 전부다. 돈이 자본이고 자본이 돈이기 때문이다. 돈으로 살 수 없는 것도 없고 돈으로 안 되는 일도 없다. 먹고사는 모든 일이 돈으로 해결된다. 돈이 신용이고 명예이고 생명이다.

돈으로 권력을 살 수 있고 돈으로 명예도 살 수 있다. 심지어 건강도 살 수 있다. 건강을 살 수 있다는 말은 좀 어폐가 있을 수 있겠지만, 어쨌든 건강을 유지하고 생명을 연장할 수 있다. 인간의 수명이 길어진 이유도 잘살게 됐기 때문이다. 잘살게 되면서 의술이 발달했고 그 혜택을 누릴 수 있게 된 덕분이다. 개인 간에도 돈이 수명을 좌우한다. 똑같은 병이라도 돈이 있으면 완쾌되거나 수명이 연장되기도 하지만 돈 없으면 죽는다.

세상은 그렇게 자본으로 해결된다. 그래서 기를 쓰며 부자가 되려고 노력하는 것이다. 아이가 잘 크려면 아버지의 능력 엄마의 열정에 더하여 할아버지의 재력이 필요하다고 한다. 우리나라의 현실을 참 재미있게 또 정확하게 표현한 말인데, 왠지 씁쓸한 여운이 남는다. 갑자기 잘살게 된 우리의 일그러진 초상이기 때문이다.

인간의 수명이 많이 길어졌다. 특히 우리 대한민국이 그것을 선도한다. 그 이유를 잠깐 살펴본다.

의술의 발달, 위생의 선진화, 식문화 개선이 가장 큰 원인이라고 감히 단언한다.

우선 의술이 놀랄 만큼 발전했다. 우리가 세계 최고의 의료 환경을 가지고 있단다. 수십 년 전에는 상상도 못 했던 일인데 이것이 오늘날 현실이라는 사실이 놀랍다.

다음은 식문화 개선이다.

우리의 식생활이 참 많이 바뀌었다. 채식 위주의 식단에서 어느새 육류 과다 섭취를 걱정해야 하는 시점에 와있다. 요즘의 젊은이들 체형이 점점 더 서구화되어간다. 우선 키가 우리 때 보다 많이 커진 것 같다. 무엇보다 다행인 것은, 우리의 주식이 원래가 채식이다. 보니, 이제는 어느 정도 균형이 맞춰진 느낌이다. 그래서 이런 균형 잡힌 식단이 계속된다면, 머잖아 세계에서 유래 없는 장수국가가 되지 않을까 생각된다.

마지막으론 위생이다.

사실 우리나라가 가장 많이 발전한 부분이 바로 이 위생이다. 위생, 환경의 개선이 가장 두드러진 부분이면서 고무적인 현상이다. 우리나라의 공중보건 환경이 세계적으로도 뛰어나다고들 하는데, 외국에 나가보지 못한 나로서도 충분히 이해할 수 있는 부분이다. 고속도로뿐만 아니라 일반휴게소 등 공중화장실을 들러보면, 하루가 다르게 개선되는 환경을 바라보며 놀라움을 금치 못한다. 필자는 똥이 튀어 오르는 재래식 화장실조차 줄을 서서 기다려야 했다. 이제는 격세지감을 넘어서 환희의 탄성이 절로 나온다.

이 모두가 돈의 힘이다. 다른 이야기를 한 것 같지만, 결론은 마찬가지로 돈이다. 과정이야 어떻게 됐든 간에, 우리나라가 잘살다 보니 생겨난 현상이다.

이렇듯 돈이 모든 걸 좌우하는 세상이지만, 돈으로 살 수 없는 것도 분명히 있을 것이다. 그 돈으로 살 수 없는 것이야말로 우리 인간이 진정으로 필요한 것이고, 없어서는 안 될 것인지도 모른다. 그런 것들은 돈으로 살 수 없는 것이기 때문에, 바꾸어 말하면 돈 없는 사람도 가질 수 있는 것들이다.

양심, 정의감, 수치심, 배려하는 마음… 이런 것들은 인간 본연에 내재된 것들이다. 물론 이런 감정들조차도 환경에 따라 시대에 따라 달라지고 변하겠지만, 본인의 의지로 얼마든지 더 가질 수도 있는 것이기 때문에, 남과는 비교할 수 없는 나만의 가치로 남게 된다.

물질만능주의의 험난한 세상이다.

정신이 맑은 사람이 세상을 주도하기는 힘들다 그렇다고 물질이 정신을 능가하는 세상이 영원할 순 없다. 물질과 정신이 함께 공존하며 보조를 맞추는 세상이 조화로운 세상이다.

지금의 내 모습이 비록 물질적으로 초라할지라도, 늘 깨어있는 정신으로 살아왔다면, 세상 어디에서도 부족하지 않은 당당함으로 살아갈 수 있으리라 확신한다.

맞아죽을 각오로 쓰는 이야기

나는 대한민국 사람이다.

가진 것 아무것도 없고, 해외여행 한 번 다녀온 적 없고, 그래서 무엇 하나 변변하게 내세울 만한 것도 없다. 하지만 내 나라를 누구보다 사랑한다고 자부하는 대한민국 사람이다.

칠십 년 가까이 대한민국에서만 살아왔기에 다른 나라는 잘 모른다. 대신에 한국과 한국인은 조금 알 것 같다. 그 이야기를 하고자 한다. 어쩌면 죽이고 싶을 만큼 미워하는 사람이 있을 수도 있겠지만 말이다.

정치인의 선동에 쉽게 휘둘린다.

지식이 모자라는 것도 아니고 정보가 부족한 것도 아닌데, 정치인의 선동에 넋이 나간 것 같은 행동을 한다. 무엇이 옳고 그른가를 판단하려 하지 않고, 오로지 내가 좋아하는 정치인의 주장에만 박수치며 환호한다. 그 반대편엔 증오와 혐오가 뒤섞인 욕을 쏟아붓는다.

그 정치인이 좋은 사람인지 나쁜 사람인지 혹은 나라의 발전을 위해 무엇을 할 수 있는지는 제쳐두고, 내가 좋아하는 정당 사람인지 아니면 내 고향 사람인지, 그런 것들만 판단의 기준으로 삼는다. 그리고 열광하며 광분한다.

먹고살기 힘들던 예전에는 '내 삶이 조금 나아지려나' 하는 생각으로 정치에 관심을 가졌다지만, 지금은 오히려 살만하니까 이상한 방식으로 더 집착한다. 사이비 종교에 빠진 광신도와 조금도 다를 바 없다. 정치인이 선동하고 이용하기 참 좋은 사람들이다.

완장을 좋아한다.

누구에게라도 완장을 채워주면 좋아한다. 그것이 절대권력인 줄 안다. 적은 것일지라도 권력이 싫은 사람은 별로 없겠지만, 권력엔 그만큼 책임이 따른다는 사실은 애써 외면한다. 오로지 '권한' 그것만 생각한다.

사사로운 모임에서도 그렇고 심지어 동네 친구들 모임에서도 마찬가지다. 회장이란 직함이 무슨 대단한 권력이라 생각한다. 그 직함으로 회원들을 위해 봉사하겠다고 생각하는 사람은 찾아보기 어렵다.

공금을 유용하지 않으면 그나마 다행이다. 염불보다 잿밥에 정신이 팔려있는 사람들도 종종 있기에 하는 말이다. 끼리끼리 모이기를 좋아하고 배타적이다.

혈연, 지연, 학연을 심하게 따지고 그것에 벗어나는 사람은 배척한다. 여럿이서 소수를 배척하고 따돌리는 일에 능하다.

이기적이다.

가지려는 이기심에서 그 가진 것을 지키려는 이기심이 더해져 주변 사람 누구도 믿지 못한다.

쉽게 흥분하고 빨리 잊는다. 조그만 일에도 쉽게 반응하다가 어느새 그 사실을 잊어버린다. 뉴스에 나오는 범죄를 내 일인냥, 아니면 내 주변에서 일어난 일인냥 금세 흥분한다. 그러다가 순식간에 잊는다.

머리는 좋은데 생각을 안 한다.

대신에 예상하고 상상한다. 그러다 보니 오히려 머리를 더 많이 쓰게 된다. 우리는 이런 걸 두고 '잔머리 쓴다'고들 하는데 이런 잔머리 쓰는 사람이 많다. 그래서 우리나라 사람이 치매에 잘 걸리는 모양이다.

현실을 직시하지 못하고 시기 질투가 심하다.

움직이지 않고 상상한다. 나름의 상상이 능하다 보니 운동과 행위를 상상으로 대체한다. 그러고는 땀 흘려 운동한 사람을 질투한다. "사촌이 논을 사면 배가 아프다." 우리나라 사람들이 가진 독특한 의식구조이자 못난 감정이다. 내가 잘못되는 건 차치하고 남이 잘되는 걸 배 아파한다.

남의 잘못을 보면서 나도 저런 잘못을 범할 수 있다는 생각은 못 하고, 남의 조그만 잘못만 확대해석한다. "모난 돌이 정 맞는다." 어디에서든 튀는 사람을 용납하지 않는다. 그러다 보니 뛰어난 사람이 나타나지 못한다. 똑똑한 사람은 많아도 뛰어난 사람은 없다.

대한민국인의 잘못된 의식구조만 대충 이야기했지만, 사실 좋은 점이 훨씬 많다. 그러기에 우리나라가 이렇게 빠른 시일에 선진국에 진입할 수 있었을 것이다.

필자가 이야기하고 싶은 건 이런 잘못된 의식구조도 충분히 바꿀 수 있는 것들이라는 사실이다. 이 모든 것들을 썩어빠진 정치인들이 교묘히 이용하고 있는 것이 문제이지만 말이다.

약 십 년 전 어느 방송인이 "정치는 삼류 국민은 일류…" 이런 말을 한 걸로 기억하는데, 우리나라의 현실을 정확하게 진단함과 동시에 나라를 걱정하는 선지자적인 말이다. 아직도 그 상태를 벗어나지 못하고 오히려 퇴보하고 있는 우리가 부끄러울 따름이다.

정치는 그들만이 하도록 놔두자. 정치인은 똑똑하고 영리하다. 대한민국에서 가장 똑똑하다는 사람들이 모인 곳이 그곳이다. 따라서 이제는 아무도 모르게 부정을 저지를 순 없는 시대라는 사실도 알고, 국민의 눈이 무섭다는 사실도 누구 못지않게 잘 안다.

그러므로 이제 그 사람들의 행동을 묵묵히 지켜보자. 이것만이 우리가 할 수 있는 유일한 능력이자 권력이다. 흥분하면 진실을 알기 어렵고, 너무 가까이 다가가면 많은 것을 보지 못한다. 어느 정도의 거리를 두고 보다 냉정하게 바라볼 수 있는 성숙한 시민의식이 필요한 때이다.

대한민국은 이제 선진국이다.

하지만 스스로 선진국민이라고 말하기는 아직 많이 부끄럽다. 선진국의 조건 중 그 무엇을 말하기 전에 국민 의식의 선진화가 있어야 하는데, 국민의 한 사람으로서 당당하게 선진의식을 말하기엔 많이 모자라는 것 같아서 하는 말이다.

좀 더 양보하고 좀 더 배려하면서 보다 성숙해진 시민의식을 발현할 수 있다면, 정치도 우리를 따를 수밖에 없을 것이고, 그랬을 때 대한민국이 지구상에서 진정으로 존경받는 나라가 될 것이라 확신한다.

무엇으로 행복한가?

사람은 행복해야만 한다. 행복해야만 살아갈 수 있다.

마지못해 살아간다고도 하고, 어쩔 수 없이 산다고 푸념하는 사람도 있는데, 그 말들도 맞다. 그러면 그 사람 평생을 그렇게 살면 된다.

무엇으로 행복할 것인가를 물어서는 안 된다. 삶이 행복이기 때문이다. 살아있는 그 자체가 행복이다. 무엇이 나를 행복하게 하느냐가 아니라, 삶 자체가 행복이라는 걸 인식한다면, 삶이 그렇게 고달픈 여정이 되지만은 않을 것이다.

행복에 조건이라는 건 없다. 다만 사람에 따라 그 의미가 다르고 질이 다를 뿐이다. 늘 행복을 느끼는 사람이 있는가 하면, 무얼 해도 불행해하는 사람이 있는데, 결국 인생은 내가 생각한 만큼 행복하게 되고, 또 그렇게 느끼는 만큼의 그릇으로 살아가게 된다.

행복하려고 마음먹으면 모든 것이 행복하고, 그렇지 않으면 매사에 불행을 느낀다. 그러니까 모든 행불행은 내 안에 있고 내가 끌어들이는 것이다.

"물 위를 걷는 것이 기적이 아니라,
지금 이 순간 땅 위를 걷고 있는 것이 기적이다."
존재의 가치를 알 수 있다면 그것으로 행복하다고 말할 수 있을 것이다.

내가 세상에 살아있는 이유를 끊임없이 생각하다 보면, 내 존재의 의미를 조금씩 알 수 있다. 그러다 보면 세상에 뭔가를 기여해야만 한다는 존재의 의무와 그 가치를 알게 된다.

사람은 존재감으로 살게 되어있다. 존재의 의미를 모르고 존재감이 없다면 죽은 것과 무엇이 다르겠는가. 존재감으로 살아있음을 알게 되고 살아있음이 존재인데, 그 존재의 이유는 결국 기여라는 모습으로 나타난다.

수많은 사람 중에 나 하나인 이상, 어떻게든 세상에 기여하면서 살게 되어있다. 좋은 의미의 기여일 수도 있고 그렇지 못할 수도 있겠지만, 그 기여의 정도가 존재의 가치이고, 그것이 결국 행복한 삶의 비결이다.

"구두 없는 발을 원망 말고 발 있는 것에 감사하라."

감사할 수 있으면 행복이다. 행복하면 감사함을 느낀다. 주변의 사람들이 고맙고 모든 사물이 고맙다. 살아있음이 고맙다. 그래서 행복하고 행복하기에 고맙다.

'행복하다' 말하라.

행복한 사람에게는 행복이 따르고 불행한 사람은 불행이 따른다. 삶에서 불행과 행복이 교차되어 오는 것 같지만 늘 그렇지만은 않다. 행복은 마음속에 있는 것이기에, 내 마음속에 항상 행복이 자리하고 있다면, 불행은 그저 스쳐 지나가는 바람일 뿐이다.

사 월말 봄의 한가운데에서 조만간 여름을 준비해야 하는 계절이다. 계절의 여왕 오월에는 얼마나 재미있는 날들이 될 것인가? 여름엔 또 어떤 행복한 일들이 기다리고 있을까?

시간의 흐름이 기다려지는 걸 보니 아직 어른이 되기에는 이른 모양이다.

무엇이 부자인가

우리는 돈이 많은 사람을 부자라고 부른다.

그러면 그 돈이 얼마나 많아야 부자인가?

그 물음에 쉽게 답할 사람은 아무도 없을 것이다. 스스로 부자라고 생각하는 본인 자신도 말이다.

그러니까 부자라는 말은 어쩌면 상상의 개념일 것이다. 남들이 모두가 인정하는 부자라도 자기는 아니라고 생각 할 수 있고, 남들이 보기에는 그렇지 않은데도 스스로는 부자라고 생각하는 사람도 있을 것이다.

생각에 따라 부자도 되고 가난한 사람도 되겠지만, 그렇게 놓고 보더라도 우리나라에는 부자가 정말 많아졌다. 한 오십 년 전을 돌이켜보면 지금 사람들은 대다수가 부자이다. 주거환경, 생활방식, 돈 씀씀이 등에서 모두가 부자다.

그렇다고 그 모두를 부자라고 말한다면 손사래 칠 수도 있겠지만, 지나간 이야기를 하니까 그렇다는 말이다.

어쨌든 우리나라가 짧은 기간에 잘살게 된 것만은 부정할 수 없는 사실일 것이다.

자본주의 사회에서 부자는 존경받아야 한다. 부자가 존경받는 사회가 진정 아름다운 사회이다. 물론 우리나라에는 아직도 자본의 대물림, 자본축적의 부정한 방법 등으로 부정적인 시각이 많이 존재하는 것이 사실이지만, 부자를 존경하고 부러워해서, 그 부자를 따라 하고픈 사람이 많은 세상이 진정한 자본주의 국가라 할 것이다.

그런 점에서 부자의 위치가 상당히 중요하다. 자타가 공인하는 부자라면 더더욱 그렇겠지만, 어느 정도의 부를 축적한 사람이라면, 최소한 그 부의 무게만큼 사회적 책임은 분명히 짊어지겠다는 자세가 필요한 세상이다.

정치 지도자만 사회지도층이라고 생각한다면 그것은 후진국가에서나 할 수 있는 이야기이다. 경제적으로 부유한 사람이 사회에 끼치는 영향력이 훨씬 클 수 있고 또 그래야만 한다.

'기부의 생활화' 우선 이것만이라도 주문하고 싶다.

아직도 이 세상에는 못사는 사람이 많다. 우리나라를 넘어서 이 지구상에는 굶주려 죽어가는 사람들이 너무 많다. 어른들도 그렇지만 자라나는 아동들이 대부분을 차지한다는 사실이 너무 안타깝다. 그런 아이들에게 조그만 기부는 하늘의 축복일 수 있다.

그런 일을 앞서서 실천하는 부자가 나타나고 기업이 나타나고, 또 그런 선의를 진심으로 존경하며 바라보는 국민이 많아져야만 한다. 이제는 그럴 때가 되었다. 그것이 우리가 져야 할 책무이다. 그것이 세계인이 우리 대한민국을 선진국이라 불러주는 이유일 것이다.

이제 우리도 세계인이 인정하는 선진국이 된 만큼 세상에 돌려줘야 할 것이 많아졌다. 선진국민이라면 그것에 걸맞은 사고를 하고 행동을 해야 한다. 더 열린 마음으로 세상을 바라볼 때이다.

마음이 부자여야 한다. 마음은 경제력을 넘어서는 것이다. 마음만으론 할 수 없는 일들이 많겠지만, 그래도 모든 것은 마음이 하는 것이다. 마음이 이끄는 대로 행동하게 되어있다.

마음으로 하는 행동은 힘이 들지 않고 즐겁다. 일이 즐거우면 그것이 행복으로 이어진다. 스스로 즐거운 직업을 가졌다면 그것은 축복이다. 그렇게 즐거운 인생으로 이어지는 것이다.

결국은 마음이다. 마음이 부유한 사람은 인생이 즐거울 뿐만 아니라 주변을 편안하게 해준다. 덩달아 즐거운 인생을 전염시키기도 한다. 그렇게 마음이 부자이고 돈 또한 넉넉한 사람들이 많아져서, 그들과 함께 보다 여유로운 세상을 이야기하는 날을 꿈꿔본다.

배려와 이기

배려를 이야기하려면 먼저 '이기(利己)'라는 단어부터 알아야 한다.

'이기(利己)'를 한자 그대로 해석하면 "자기를 이롭게 한다"는 뜻이다. 이것은 상당히 좋은 말인데, 우리는 이 말을 별로 좋지 않게 해석한다.

사실 이기만큼 좋은 말은 없다. 세상은 어차피 나 혼자 살아간다. 혼자 태어나서 혼자 가는 거다. 물론 내가 살아가는데 많은 조력자가 필요하겠지만 결국은 혼자이다. 그래서 나를 가장 먼저 지키고 사랑해야 할 사람은 나이다.

내가 나를 포기 했는데 남이 나를, 아니면 신이 나를 지켜준다고 생각하는 사람은 없으리라.

나를 사랑해야 한다. 나를 사랑하는 사람이 남을 사랑할 수 있다. 그래야만 사회 전체가 조화롭게 돌아갈 수 있는 것이다.

그런데 문제는 '자기만' 사랑한다는 거다. 자기를 사랑하는 이기에서 한 발짝도 나아가지 못하고 있다.

최근의 우리나라 사람들이 그렇다. 정말 힘들게 살아오면서 그만큼 많은 것을 가지게 됐다. 그러다 보니 이기심이 더 팽배해졌다. 가지려는 이기심에서 이제는 그 가진 것을 지키려는 이기심까지…

최근의 코로나 사태를 우리나라가 비교적 잘 극복했다. 바로 이 '이기심' 덕분이다. 열심히 살다 보니 이제 조금 살만한데 코로나로 인생 종 칠순 없는 일이다. 그래서 마스크를 잘 쓰고 예방접종도 잘하는 것이다. 어떤 이는 이런 일련의 행동들이 다른 사람에 대한 '배려'라고 하는데, 이 말에는 동의할 수 없지만 이것으로 다툴 생각은 없다.

한 가지 중요한 사실은, 이기와 배려가 그렇게 다른 것이 아니라는 사실이다. 이기에서 한 발짝만 나아가면 배려가 된다. 나를 사랑하고 나를 생각하는 마음에서 조금만 더 나아가서 다른 사람의 입장을 헤아린다면 그것이 배려이기 때문이다.

그래서 이기와 배려는 반대말이 아닌 비슷한 말이다.

그러면 배려는 과연 무엇인가?
결론부터 말하면 배려는 '행동'이다. 행동해야만 배려다. 그러기 때문에 상당한 용기가 필요하기도 하다.

우리나라 사람들 마음에 있는 것을 선 듯 표현하지 못한다. 특히 좋은 행동은 잘 못한다. 좋은 일인 줄 알지만 나서질 못한다. 선의로 한 행동이 잘못한 것으로 오해받을 수 있는 세상에 살고 있는 까닭이기도 하다.

사실 여태껏 우리네 삶은 이랬다. 배려하고 양보해서 좋은 일은 없었다. 전쟁터처럼 빠르게 흘러가는 세상에서 그런 사람들은 낙오자일 뿐이다.

겸손이 인간이 가질 수 있는 가장 높은 덕목이라고 한다. 그만큼 겸손하기가 힘들기 때문인데 겸손이 '나의 내면을 보여주는 것'이라면, 배려는 '상대를 나와 같이 존중하는 것'이다. 그러니까 겸손에서 한 발짝 더 나아간 것이 배려이다.

또한 겸손은 드러내지 않고도 가능하지만, 배려는 마음을 보여주는 행동이기 때문에 그 행동이 이어질 수 있다. 배려하는 행동 하나하나가 이어졌을 때 세상이 바뀌는 것이다.

우리나라 사람들 삼, 사십 년 전만 하더라도 여럿이 있는 자리에서 선뜻 노래하는 사람 없었지만, 지금은 어떠한가? 어디에서든 노래 못하는 사람 없다. 시켜주지 않으면 화를 내고 마이크 잡으면 놓지 않으려 한다.

노래방이 생겨서 열심히 노래한 덕분이기도 하지만, 우리 민족이 옛부터 흥이 많은 민족이기 때문이다.

그러던 것이 굴곡 많은 근대사를 겪으면서 그 열정이 잠시 숨었던 것이다. 이제 그 흥을 제대로 발휘할 때가 된 것 같다. 최근엔 지구촌 곳곳에서 그것을 확인시켜주는 일이 일어나기도 한다. 우리나라가 선진국에 진입했다는 소식도 그중의 하나인 것 같다.

그래서 이제는 그 선진국에 걸맞은 의식이 절실히 필요한 시점이다. 그 중심이 배려이다. 배려는 힘 드는 일이 아니다. 배려는 돈이 드는 일도 아니다. 공공질서, 교통도덕을 지키는 것이 배려이고 약자를 보호하는 것도 배려이다. 어찌 보면 사회 전반의 모든 것이 배려의 대상이다.

배려는 내가 먼저 하는 것이다. 받으려고 해서는 안 된다. 보답을 바라는 것은 배려가 아니다.

배려하면 내가 행복해진다. 그것이 남을 배려하면서 얻는 무한한 즐거움이다.

자신을 사랑해야 한다. 자신을 사랑하면서 자신의 능력을 키우는 것이 더 많은 것을 배려할 수 있는 일이다.

그래서 나아가 '노블레스 오블리주'의 삶을 살게 된다면?

본인뿐만 아니라 본인의 가족, 나아가서는 대한민국 전체가
세상에서 존경받는 나라가 되리라 확신한다.

부끄러움을 모르는 사람들

세상에 똑똑한 사람들이 많다. 똑똑하고 영리한 사람들이 세상을 주름잡고 있다.

말 잘하고 글 잘 쓰고 학벌 좋은 사람들이 넘쳐나는 세상이다. 그래서 그 사람들 권력의 정점에서 세상을 바꾸고 세상을 구제할 것처럼 설쳐대고 있다.

그런데 과연 말처럼, 글처럼 그렇게 행동하는가?

나라의 장래를 위해서, 국민의 안위를 위해서 무엇을 하는가?

"아버지가 아버지의 역할을 다하려면 아버지가 없어지면 된다."라고 한다. 이 시대 아버지의 한 사람으로서 서글프게 다가오는 말이지만, 그것이 어쩔 수 없는 시대적 현실이다.

이제는 아버지가 자식을 가르치는 시대가 아니라는 이야기이다. 아버지가 올곧지 못하면서 자식을 바르게 가르치겠다는 발상은 잘못됐다. 그 사실을 모르지는 않으면서 자신은 그렇지 않다고 생각한다.

하지만 자식들은 다 안다. 알면서 반박하지 않을 뿐이다. 알면서 자신의 길을 그냥 그렇게 가고 있다. 그것이 대한민국이 앞으로 나아갈 수 있는 원동력이고 대한민국의 장래가 밝을 수밖에 없는 이유이다.

상대를 고꾸라뜨려야만 내가 이기는 세상에서 살아온 우리 세대 방식을 똑같이 내 자식에게 주입하려 하지만, 오늘날 젊은 이는 그 방식을 받아들이지 않는다. 그게 참 다행이다.

이 시대의 불쌍한 아버지를 빗대어 이야기했지만 이것을 정치인, 기득권자들에게 대입시키면 어떻게 될까?

내 말이 틀린 걸까?

'내로남불'이라는 신조어가 생겨나고 '후안무치'라는 말이 들려온다.

부끄러움을 모른다. 나이가 든 사람들이 부끄러움을 모르니까 젊은이들이 어른을 우습게 보는 것이다. 우리 때는 알든 모르든 거의 무조건 데모하고 반대했지만, 요즘의 젊은이들은 다 아는 것 같다. 알면서도 지켜보고 있다. 우리 때 보다 훨씬 의젓해진 젊은이들이 대견하다.

이 시대의 젊은이들에게 고한다.

고맙소. 당신들이 있어 희망을 말하고 당신들로 인해 대한민국의 미래를 이야기할 수 있다오

"젊은이의 장래를 위한 일자리 창출" "N포 세대를 걱정하는 말" 이런 입에 발린 소리 듣지 마라. 그런 사람들이 내 인생 살아주지 않는다. 그런 헛소리에 귀 기울이지 말고, 내 앞일은 내가 걱정하고 내가 해결하라.

이제 대한민국은 자기만 원하면 무엇이든 할 수 있는 세상이다. 직장이 필요하면 눈높이를 조금 낮추면 되고, 돈을 많이 벌고 싶으면 그런 사람들의 발자취를 따라 열심히 공부하면 된다.

내가 하고 싶은 일을 하라. 놀고 싶으면 놀고, 일하고 싶으면 일하라.

다만 10년 후, 20년 후의 내 모습을 떠올려 보기를, 나이가 들수록 모든 것에서 선택의 폭이 좁아진다는 사실은 꼭 명심하기를 바란다.

비교적 세상을 오래 살아온 인생 선배로서 많이 미안하고 부끄럽지만, 세상에는 '후안무치'한 일부의 늙은이들보다는 그렇지 않은 사람들이 더 많다는 걸 알아주었으면 고맙겠다. '그래서 세상은 아직도 살만하다'는 사실만은 꼭 말해주고 싶다.

양심

양심은 끝이다. 도덕의 마지막 보루가 양심이다.

보이지도 않고 볼 수도 없지만 내면 깊숙이 자리하고 있으면서 가끔 나를 지탱할 수 있는 도구로 쓰이기도 한다. 그래서 인간이면 누구나 가지고 있다고 여겨지지만 그것의 실체를 못 느끼게 하는 사람도 간혹 있다.

보통의 사람들에게는 양심이 얼굴에 나타나기 마련이다. 그것을 속이는 말이나 행동은 대부분 표정이나 말투에서 드러난다. 그만큼 속이기도 감추기도 힘든 그 무엇이 양심이다.

정치인들의 면면을 보면 하나같이 양심이 없는 것 같다.

양심과는 전혀 다른 이야기를 하고 행동한다. 양심이 드러나기는커녕 그것이 없는 것 같다. 보통의 상식으로도 충분히 알 수 있는 일을 그들만 모른다. 대한민국에서 제일 영리하고 제일 똑똑해서 그래서 권력의 정점에 있는 그들이 말이다.

어떻게 보면 오히려 그 양심을 반대로 이용하는 것처럼 보인다. 그런 면에서 보면 '그들은 인간이 아닌 신의 경지에 이르지 않았나' 하는 생각을 가끔 하게 된다. 그래서 대한민국의 정치인은 인간이 아니라고 보면 된다. 인간이 아니라고 생각하면 아주 간단한데, 그렇게 치부하고 넘어가기가 말처럼 쉬운 일이 아니라는 게 문제이다.

그들이 선과 악을 마음대로 재단하면서 세상을 주무르고 있는 이상 그들만이 옳고 그들만이 선이다. 그들을 추하다고 욕하는 언론은 악으로 내몬다. 판사의 판결마저 간섭하면서 그것조차 여론몰이 마녀사냥으로 몰고 간다.

이 나라는 민주주의가 훼손된 것 같다. 삼권분립이 엄연한 민주 국가라면 상상조차 할 수 없는 일이다. 시간을 한 오십 년 정도 되돌려봐도 이런 일은 없었던 것 같다.

어느 민주국가에 이런 나라가 있는지, 사회주의 국가에서조차 없을 거라 생각되는 일들이 민주 대한민국에서 일어나고 있다. 정치를 생각하고 정치인을 떠올리면 화가 난다. 이 험한 세상에 그것 아니라도 화날 일 많은데 그것 때문에 더 화가 난다는 건 참기 어려운 일이다.

뉴스를 보지 않고 세상사는 일을 모르고 살고 싶지만, 그것이 잘 안된다는 사실이 안타깝다. 정답이 안 떠오르기에 더욱 괴롭다. 화를 내면 나만 손해라는 사실을 모르는 건 아닌데도 말이다.

모든 걸 잃어도 양심은 간직해야만 한다.

인간만이 가질 수 있는 것이 양심이다. AI가 아무리 진보해도 양심을 가질 수는 없을 것이다. 인간 아닌 여타동물도 마찬가지다. 양심을 가진 동물이 있다는 이야기는 못 들었다. 만물의 영장인 인간만의 전유물인 양심, 세상이 힘들다고 하지만 이 양심이라는 존재가 내 안에 살아있는 한 내 인생은 부끄럽지 않다.

그래서 양심은 나를 지켜줄 마지막 무기이다. 그것이 무너졌을 때, 그때부터는 내 인생 나의 것이 아니다. 나 아닌 또 다른 나에게 지배당하는 인생이 되고 만다.

예전에는 "양심이 밥 먹여 주냐?"라는 말을 하곤 했었다. 어쩌면 그런 마음으로 사는 것이 편할지도 모르겠지만 내가 지배하지 못하는 내 인생은 이미 죽은 것이다.

나와의 약속이고 나만의 것이다. 누구에게 내어 보여줄 것도 아니고 남에게 자랑할 것도 아니지만, 죽을 때까지 함께하고 싶은 나의 것이다.

국회의원이 가지지 못하고 정치인이 가지지 못한 것을 나는 가지고 있다. 그것이 있어서 당당하다. 그것이 있어서 즐겁다. 그것이 있어서 행복하다.

내 삶을 되돌아보며 앞으로의 삶을 긍정할 수 있는 것, 그것이 있어 내가 살아가는 이유이다.

어른이 나설 때이다

세상이 너무 혼탁하다. 그 혼탁함이 지나쳐 이제는 더 이상 돌이킬 수 없는 지경에 이른 느낌이다.

정치가 더러우면 정치인만 그 더러움을 덮어쓰면 되는데 이제는 국민 모두가 그것에 오염돼 버린 것 같다.

옳고 그름을 모른다. 무엇이 진실이고 무엇이 거짓인지 구별하기가 애매하다고 생각했었는데, 이제는 그런 노력조차 불가하다 오히려 그런 것들이 비웃음의 대상이 된 세상이다. 진실은 쓰레기통에서도 찾기 어렵다. 오로지 네 편 아니면 내 편만 있을 뿐이다.

정치가 썩고 정치인의 도덕이 무너졌다면 국민이 나서서 정치인을 바꾸면 된다. 문제는 국민의 도덕성이 무너져간다는 것이다. 국민의 도덕성이 무너지면 나라의 미래는 없다. 그렇게 나라가 무너지는 건 순식간의 일이다.

작금의 시대가 그렇다.

나라의 국법마저 범죄혐의자 개인의 입맛에 맞춰 바꾸고자 하는 세력들이 득세하는 세상이다. 무엇보다 두려운 건 그 정치인을 동조하는 다수의 국민이 존재한다는 사실이다.

법이 있고 법 이전에 도덕이 존재하지만, 도덕이 무너져버린 세상에는 법은 무용지물일 수도 있다는 경험을 지금 하고 있는 것이다.

이러면 대한민국의 미래는 없다.

이전 세대의 피나는 노력으로 빠른 시일에 그나마 잘살게 됐지만, 이런 짧은 영광마저도 종말을 향해 달리는 것 같아 피를 토하고 싶은 심정이다.

나 하나 먹고살기는 힘들지 않은 세상이다. 하지만 자라나는 미래세대를 생각하면 무어라 변명조차 할 수 없는 아픔이 몰려온다.

누구 하나 국민을 생각하고 나라를 걱정하는 사람이 없다.

이래서야 어떻게 올바른 세상을 기대할 수 있겠는가?

그 서슬 퍼렇던 독재정권 시절에도 나라를 걱정하는 어른이 있었다. 그런데 작금의 이 나라엔 어른이 없다. 어른이 어른답지 못하기 때문이다. 양심을 걸고 목숨마저 두려워하지 않던 옛 어른들이 그리울 뿐이다.

　그래도 어른이 나서야 한다.

　어른이 나서서 세상을 바로잡아야만 한다.

　세상에 어른이 없다고들 하지만, 그래도 양심을 가지고 양심적으로 세상을 살아온 어른이 어디 없겠는가. 이 아름다운 금수강산 대한민국의 땅에서 말이다.

　이 책을 읽으시는 독자분들 중에서는 어른이 계실 거라 확신한다. 독자분들은 최소한 양심 있는 어른으로 살아가려고 노력하시는 분들이라는 사실을 알기에, 괜한 하소연을 하는 마음 이해해 주시리라 믿는다.

　젊은이들이 나서주기를 기대하던 시대는 지난 모양이다.

　그들은 우리 때보다 이기적인 면도 있지만, 워낙 개인적인 성격이 강해진 세대라, 전체를 위해서 잘 나서지 않는 것 같다.

　다행인 것은 그래도 그들은 기성세대조차 모르는 시대의 흐름을 조금은 아는 것 같다. 무엇이 옳고 그른가에 대한 판단도 어른들보다 더 이성적으로 판단하는 것 같이 느껴진다.

　하지만 우리 때처럼 나서서 데모하지 않는 걸 보면서 세상이 많이 바뀐 것을 실감한다. 어쩌면 그런 젊은 세대가 더 현명할지도 모를 일이다. 그래서 그런 젊은이들로 인하여 일말의 희망을 가져보기도 한다.

  그래서 어른이 나서야 한다.

  의식 있는 어른의 진정한 꾸짖음이 필요한 시점이다.

  나라가 무너지는 것을 보고만 있을 것인가?

  거짓이 세상을 지배하는 것을 보고만 있을 것인가?

  내 아이의 미래는 누가 책임질 것이며,

  후세에 무슨 근거로 잘 살았다고 말할 것인가?

  무엇이 두려워서 나서지 못하는가?

  무엇이 부끄러워 말하지 못하는가?

  세상의 옳고 그름을 많이 봐왔지 않은가.

  거짓이 후의 결말도 봐왔지 않은가.

  드러나지 않은 진실도 있지만 그래도 유추할 순 있지 않은가.

  그것은 세상을 비교적 오래 산 어른만의 깨달음 아닌가.

  나라가 무너져 가는 모습을 몸으로 느끼면서, 이 혼돈의 시대
가 진실로 어른이 필요하다는 사실을 실감하지만, 어디에서도
보이지 않는 어른을 애타게 기다리며, 안타까움 그 이상의 마음
으로 글을 맺는다.

자식을 가르칠 것인가

내 자식은 나와 어떤 관계인가?

좀 어리석은 질문 같지만, 그만큼 자식과 부모라는 관계가 쉽지만은 않다.

내가 낳은 내 자식이지만 분명 독립적인 인격을 갖춘 한 사람의 인간이다. 내가 가진 내 소속의 물건은 아니라는 말이다.

물론 어릴 적의 자식은 내가 보살피고 내가 가르쳐야 한다. 하지만 나이가 들고 어느 정도 인격이 형성되고부터는, 나와는 전혀 다른 또 다른 한 인격체라는 사실을 인지해야 하고, 또 그렇게 대해야 한다.

내가 낳았다고 내 소유물처럼 생각하는 사람들, 나와 똑같은 생각을 강요하는 사람들, 다 큰 아이를 언제까지나 보살피려 하는 사람들, 아직도 그런 사람들이 많은 세상이다.

세상이 괴롭다고 어린 자식을 데리고 동반자살을 한다.

왜? 죽으려면 혼자 죽으면 되지 어린 생명이 무슨 죄인가?

생각만 해도 끔찍한 범죄행위이다.

어릴 때의 부모 교육은 무엇보다 중요하다. 학교에 들어가기 전뿐만 아니라 들어가고 나서도 집에서의 가정교육은 정말 필요한 일이다. 사회가 복잡해질 수록 그것은 더욱 명료해지는 사실이다.

내 자식을 올바르게 키우고 싶은가?

그러면 부모가 그렇게 행동하면 된다. 제대로 된 가정교육이란 그것 이상도 이하도 아니다. 자식은 부모의 행동을 보고 배운다. 말로써 배우는 공부는 이해가 쉽지 않지만, 행동으로 배우는 공부는 오랫동안 기억하기 마련이다. 그런 것이 평생을 좌우하기도 하는 법이다.

그래서 부모의 역할이 그만큼 중요한 법인데, 본인의 행동을 조심하려 하지 않고 자식의 나쁜 버릇을 나무란다. 가르치려 하지 말고 깨우치게 해야 한다. 아이에게 이해를 강요하는 건 어리석은 일이다. 어릴 때는 이해보다는 외우고 기억하는 것을 더 잘한다는 사실, 이 사실은 꼭 알고 있어야 하는 일이다.

부모와 자식 간에는 가르치고 배우는 사이가 아니다. 자식이 단순히 부모의 모습을 보고 자라면서 습득하는 과정일 뿐이다.

그래서 억지로 부모의 생각을 주입하고 또 그런 행동을 강요해서는 안 된다.

최근 들어 '부모에 의한 가스라이팅'이라는 용어가 자주 등장하는데, 나에게도 이런 모습은 없는지 한 번쯤 반문해 볼 일이다.

자식을 가르칠 것인가?

내 행동으로 가르치면 된다. 부모가 바르게 행동하면 그렇게 따라 할 것이고 그렇지 못하면 또 그런 걸 배운다. 나쁜 것을 먼저 배우게 된다지만, 좋은 것을 배우는 것도 그에 못지않다. 무엇보다 부모에게 배우는 것, 그것은 평생을 갈 수밖에 없는 것이다.

세상에서 가장 가까운 부모와 자식 사이, 그 관계에서의 깨달음은 세상 어떤 것과도 비교할 수 없는 살아있는 지식이 되는 것이다.

"아이는 어른의 스승"이라고 했다.

내 아이를 잘 가르치기 위해서 내가 더 올바른 행동을 해야겠다는 생각, 그 생각을 할 수 있다면, 나로 인하여 내 아이가 성장하고 그 아이 덕분에 나도 발전하게 된다.

이것이 진정한 자녀교육이라고 강조하고 싶다.

요즘의 아이들은 버릇이 없다고 이야기들 한다. 그렇다면 그것은 기존의 어른들이 그 원인을 제공했기 때문이다.

부모가 자식을 버릇없이 키워서 일어난 일을 이제 와서 아이들을 탓한다.

효도를 모르는 부모의 자식이 효도를 알 리 없고, 배려를 모르는 부모의 자식에게 배려를 가르칠 순 없는 일이다. 도덕을 배우지 않은 부모의 아이가 윤리를 모르는 건 당연한 일이다.

이 시대 교육의 문제, 나아가 시대 전체의 문제이다. 급격하게 변하는 시대의 흐름이 아이들을 점점 괴물로 만들어가는 것 같다.

더 이상 늦어지면 안 된다.

버릇이 없는 건 그나마 다행이다. 이제 더 이상 방치하면 인성이 무너진다. 미래세대를 이끌어갈 내 아이들의 인성이 무너져버린다면 대한민국의 미래는 논하기 어려울 것이다.

세월은 빠르다 짧은 순간에 아이들의 세상이 도래한다. 내 아이들의 인성을 바로잡아 줄 수 있는 그 무언가가 무엇보다 시급히 요구되는 시점이다.

정의로운 나라에 살고 싶다

정의로운 나라에 살고 싶다.

불의에 가득 차고 거짓이 일상이 된 나라에서 산다는 건 지옥이나 다름없다. 그러니까, 지금 내가 지옥에 살고 있는 기분이다. 거짓이 난무한다고 생각했는데 이제는 모두가 거짓으로 도배된 것 같다. 이것이 정말 현실인지 꿈인지 헷갈린다.

지금은 국회의원 선거 기간, 출마자들 상당수가 범죄자이거나 범죄혐의가 있는 자들이다. 그들이 나라를 대표하는 자들인데, 그렇다면 결국 나라 전체가 범죄 집단이 되는 건가?

그렇다고 한다면 모두가 비약이라 말하겠지만, 그 사람들을 따르는 추종자들이 상당하기에 하는 말이다.

그분들은 과연 어떻게 생각하는가? 인간인지라 털어 먼지 안 나는 사람 없고, 다른 사람도 마찬가지라고 생각하는지. 정치를 하고 한 지역의 대표 한나라의 대표가 되겠다고 하는 사람이 파렴치범이라는 사실은, 같은 나라에 사는 국민으로서 심히 부끄러울 따름이다.

범죄자인 아버지가 가정을 평화롭고 정의롭게 이끌어가겠다고 한다. 그것은 자식들이 바보이거나 바보로 만들 수 있을 때 가능한 말이다.

요즘에도 있는 걸로 알고 있지만 '만우절(萬愚節)'이란 날이 있다. 일 년에 한 번 거짓말을 재미 삼아 할 수 있는 날이다.

어느 정도의 거짓말은 재미로 받아들이는 날, 그날을 기해서 일부러라도 거짓말을 해 보는 날, 그런 취지인 것 같은데, 어쨌든 일 년에 한 번 그런 날을 만들었다는 건, 그나마 사회에서 거짓이 통용되지 않았기에 가능했던 것 같다.

최근엔 만우절이란 말이 거의 사라졌다. 거짓이 일상이 된 사회에선 거짓말은 더 이상 재미가 아니다. 이제는 바른말 하는 날을 만들어야 할지도 모르겠다.

세상에 거짓이 난무한다. 너무 혼탁하다 '수지청즉무어(水至淸則無魚)'라고 하는데, 적당히 흐린 물이 고기가 살기 좋겠지만, 아주 혼탁한 물에서는 어떤 고기가 살 수 있을까?

거짓이 만연하다 보니, 바르게 말하고 행동을 하는 사람은 바보 취급받고 또 낙오된다. 이런 사회가 과연 정상적인 사회인지 내가 비정상인지, 이런 심정을 누구를 붙잡고 물어봐야 하는지 너무 답답하지만, 그래도 그렇게 물어갈 수밖에 없는 나이가 되었다고 애써 자위한다.

다만, 단군 이래 가장 똑똑하다는 내 자식의 세대, 더 나아가 그 아랫세대가 이 과정을 답습할까, 그것이 너무 염려스럽다.

범죄자가 당당히 사회정의를 외치며 정치판을 좌지우지한다.

법을 위반한 범법자가 법을 만들겠다고 외쳐댄다.

또 그런 자를 추종하는 세력들…

그들은 과연 어느 별에서 온 사람들일까?

줄 세우기

내 친구 이야기를 하고자 한다.

초등학교 친구이니까 육십 년 지기 친구인데, 서로 세상 살기 바쁜 중년 때는 잘 만나지 못하다가 약 20년 전부터 어울려 술도 한잔씩 하는 친구이다.

이 친구 초등학교 다닐 적 흔히 말하는 '짱'이었다. 얼굴이 험상궂게 생긴 데다 힘이 워낙 센 친구라 또래에서는 아무도 대적할 수 없는 친구였는데, 필자가 기억하기론 '정의의 사도'였던 것 같다. 누구든 약한 자를 괴롭히는 친구는 언제나 이 친구에게 혼나곤 했다 만화책에서나 나올법한 그런 친구다.

초등학교 6학년 시절 이 친구를 담임선생이 좋게(?) 본 모양이다. 내 기억으론 공부를 잘하는 편은 아니었고 급장은 아니었던 것 같은데, 선생에게는 아주 유용한 친구였던 것 같다.

이 친구가 있으니까 교실이 조용할 수 있었고, 무엇보다 선생의 말을 잘 들었기 때문에 선생으로선 아주 편했을 것이다. 선생의 심부름 하는 걸 자주 목격했었다. 흔히 말하는 선생의 따까리(?)로 사용되었던 것 같다. 수업과는 상관없이 수시로 심부름하는 이 친구를 부러운(?) 눈으로 바라보곤 했던 기억이다.

1960년대 후반, 그때는 초등학교에서 중학교로 진학하는 시험이 정말 치열했었다. 지금의 대입시험보다 훨씬 더 심각한 입시경쟁을 치렀다.

이곳 마산에는 다른 지역에 비해 더 심각한 수준이었을 거라 기억한다. 초등학교에 비해 중학교가 턱없이 부족하다 보니, 중학교 들어가기가 정말 힘들었던 시절이다. 결국 중학교를 어디 가느냐에 따라 대학까지의 진로가 결정되는 정도였다. 덕분에 너나 나나 할 것 없이 정말 열심히 공부했던 기억이다.

그런데 이 아이. 너무나 순진한 이 아이. 선생의 조그만 관심에 우쭐해서 공부보다는 선생의 심부름하기에 바빴던 이 아이는 어떻게 됐을까? 언제 공부하고 진학은 또 어떻게 했을까? 선생은 또 어떤가, 과연 이래도 되는 걸까? 이런 사람이 아이를 가르치는 선생이라 말할 수 있을까?

한 자 공부를 깨우치기도 바쁜 아이를 자기의 편의를 위해서 자기 마음대로 부리면서, 아이의 장래는 나 몰라라 한 선생. 이런 선생이 있었고 또 이런 아이가 있었다는 사실이, 우리가 살았던 세대의 가슴 아픈 자화상으로 남아있다.

그때만 해도 초등학교 선생의 권위는 하늘을 찌를 듯했다. 선생의 말 한마디가 법이던 시절, 선생의 영향력은 지금으로선 상상하기조차 힘들 것이다.

문제는 그런 권위를 오로지 자기의 욕심으로만 채우는 자들이었다. 다른 쪽으로 눈을 돌려봐도 마찬가지이다. 권력만 주장하며 책임은 외면하는 사람들, 그 권력을 보다 오랫동안 유지하기 위해 줄을 세우는 세상, 그 줄을 제대로 붙잡기 위해 아등바등 사력을 다하는 군상들… 세월이 많이 흐르고 세상이 많이 바뀌었는데도 아직도 이런 사람들이 세상의 권력자로 기득권자로 남아있다.

생각이 다르다고 배척하고 고향이 다르다고 외면하고, 오로지 자기 입맛에 맞는 사람들을 줄 세우고, 그 줄 세워진 사람들을 이용해서 또 다른 그들만의 세상을 만들어간다.

이것이 지금 이 시대 대한민국의 현실이다.

이것이 필자가 기억하는 50여 년 전의 대한민국에서 하나도 변하지 않은, 오히려 훨씬 더 심해진 끼리끼리 줄 세우기의 한 행태이다.

경제도 엄청나게 발전했고 그래서 세계에서 내로라하는 나라가 되었지만, 아직도 고쳐지지 못하고 오히려 독버섯처럼 더 자라나는 이런 저급한 모습들이 사라지지 않는 한, 대한민국이 더 이상 선진국이라 칭해지진 못할 것이고, 글로벌시장에서 도태되어 퇴보하는 나라가 될 수밖에 없을 것이라는 생각이, 인생의 뒤안길에서 바라보는 한 늙은이의 기우이길 애써 바랄 따름이다.

중독된 세상을 고발한다

세상이 참 혼탁하다. 무엇이 진실이고 무엇이 거짓인지 판단하기가 너무 어렵다. 사실, 판단이 어려운 게 아니라 그런 노력 자체가 무의미하다.

똑같은 사안을 두고 어느 편이 하느냐에 따라 찬반이 나눠진다. 내가 하고 싶었던 일도 남이 하면 반대한다. 진실, 정의는 사라진 지 오래고, 내 편 아니면 네 편만 있을 뿐이다.

정치 이야기이다. 우리가 미디어에서 늘 마주하는 정치인들의 이야기이다.

문제는 정치인만의 문제가 아니라는 데에 있다. 그들만의 이야기라면 그냥 재미 삼아 봐줄 수도 있고 보기 싫으면 안 보면 그만이지만, 정치는 권력이자 민생이기에 우리의 삶 자체가 정치와 떨어져 있을 수 없는 게 현실이다. 그런 사실을 잘 알고 있는 그들이 그 어마어마한 특권을 이용해서 우리 서민의 의식을 마비시켜버렸다.

그렇게 중독된 우리의 의식이 한 발짝 앞으로 나아가지도 못하고 사오십 년 전보다 오히려 더 퇴보해버린 것이다. 흑백논리가 세상을 지배하던 그 시절에도 진위를 구별하는 능력은 있었던 것 같은데, 이제는 그런 진리에의 추구조차 어리석은 일이 돼버렸다.

파렴치범을 비롯하여 이런저런 전과자가 판을 치며, 범죄혐의로 죄를 추궁받는 사람이 최고의 높은 자리에서 실력을 행사하고 있고, 수년 전 재판에서 징역형을 언도받으며 사회에서 지탄받는 사람도 국회에 진출하려는 세상이다.

법을 무시하는 죄를 저지르고 그래서 죗값을 치러야 하는 사람들이 법을 만들겠다고 한다. 그런 정치인을 동조하는 세력이 존재한다. 이것이 작금의 대한민국이다.

그들은 왜 그렇게 집착하는가?

권력으로 자기의 죄를 덮으려 하기 때문이다. 권력을 쥐면 자기의 잘못을 묻어버릴 수 있다고 생각한다. 사실 그럴 수도 있는 나라가 대한민국이다.

이제는 좌우가 확실히 나눠져버렸다. 검사도 좌가 있고 우가 있다. 판사도 마찬가지다. 그러니까 좌우만 잘 편승하면 범죄인이 영웅이 되는 건 문제도 아니다.

　권력만 있으면 있는 잘못도 없어지는 나라, 정의와 진실은 쓰레기통에서조차 찾아보기 힘든 나라, 내 편 아니면 네 편만 존재하는 나라. 그런 나라가 대한민국이다. 이것이 선진국이라고 외치는 대한민국의 현실이다.

　대한민국의 현실이라고 말했지만, 그러기엔 너무 슬퍼지는 것 같다. 그래서 조금은 우리에게 위로의 말을 전하고 싶다.

　정치가 우리나라를 대표하는 것 같지만 전부는 아니다. 아직도 중독되지 않은 국민이 남아있고, 단군 이래 가장 똑똑하다는 우리의 젊은이들이 있기에 미래를 다시 한번 호소해 본다.

　정치가 민생이라지만 그것은 그들만이 하도록 놔두면 어떨까?

　그들은 영리하다. 어찌 보면 대한민국에서 가장 영리한 사람들이 모인 집단이다. 그래서 고작 몇 명의 사람들이 세상을 좌지우지하는 것이다. 민심을 교묘히 이용하고 선동하며 말이다. 정치는 그들만이 하도록 놔두자. 그것이 우리가 그들에게 이용당하지 않는 유일한 해결책이다.

　가까운 나라 일본을 한번 보자.

그들은 정치에 별 관심이 없는 것 같다. 정치는 그들만의 일로 묻어두는 것처럼 보인다. 선동에 휘둘린다는 이야기는 들어보지 못했다.

그래서 일본은 모두가 인정하는 선진국이다.

다른 무엇에 앞서서 선진의식의 국민이 있기 때문이다. 정치는 우리 못지않게 타락했지만, 선진화된 국민 의식으로 그들은 예나 지금이나 나아가 먼 훗날까지도 선진국으로 남아있을 것이다.

상식이 무너진 사회, 평범함이 사라진 사회, 그 사회의 높은 곳에서 온갖 범죄에 찌든 파렴치범들이 세상을 쥐락펴락하는 사회가 과연 정상적인 사회이며 진정한 국가라고 할 수 있겠는가?

아버지가 거짓투성이인 집안에서 아이가 바르게 자라기를 바랄 것인가? 그 가정이 대대손손 축복받는 가정으로 이어질 수 있을 것인가? 그 집안이 지금은 비록 조금 잘살게 되었다 하더라도 말이다.

이제 세상을 조금씩 알아가는, 아직은 중독되지 않았다고 생각하는 자식의 입장으로 아버지께 답을 묻는다.

친구

앞서 낸 책에서 '친구'라는 주제로 대략의 이야기를 했었는데, 오늘은 좀 더 구체적인 이야기를 해보겠다.

인생을 살면서 친구라는 존재는 더 이상 말이 필요가 없을 정도로 중요하다. 부모나 형제보다 더 살가운 존재일 수도 있고, 마누라 남편보다도 더 오랫동안 함께 지내게 될지도 모른다.

친구와의 만남은 만남이라기보다 어쩌면 운명에 가깝다고 봐야 한다. 부모와 형제와의 만남은 혈연의 운명이겠지만, 친구는 태어나기 훨씬 전부터 이어진 운명이라 느껴질 때도 있다.

자아가 형성되기 전에서부터 나이가 들어 죽음에 이를 때까지 함께할 수도 있기에, 그 존재는 나와는 떨어질 수 없는 나의 또 다른 모습이 되기도 한다.

오랫동안 알고 지낸 친구는 알게 모르게 나와 많이 닮는다. 비슷한 환경에서 만나서 오랫동안 함께했다면 닮는 게 어쩌면 당연할지도 모른다. 실제로 내가 모르는 나의 모습을 나보다 더 알고 있는 친구가 존재하기도 한다.

유유상종이라는 말을 한다. 모든 사람은 비슷한 환경의 사람끼리 만나게 된다. 오래된 친구라면 더더욱 말할 필요조차 없을 것이다.

그런데 오래된 친구도 나와는 완전히 다른 친구가 있다. 성격도 다르고 생각도 다르다. 그렇지만 수십 년을 알고 지내다 보니 이상하게 닮아가는 것 같다. 나는 분명 그렇지 않은 것 같은데, 나도 모르는 사이에 비슷하게 변해간다. 다른 사람들은 그 친구를 보고 나를 평가하기도 한다.

친구의 좋은 점은 말로 다 하기 힘들다. 힘들고 어려울 때 힘이 되고 외로울 때 위로가 되어주는 친구는 세상을 살면서 없어서는 안 되는 존재이다.

부모와 형제에게도 못하는 이야기를 친구와는 할 수 있다. 혼자서는 답이 없는 일도 친구와의 한잔 술로 해결된다. 오래오래 건강하게 살고 싶지만 내 삶의 이야기 함께 나눌 친구가 없다면 무슨 재미로 살겠는가?

그만큼 친구라는 존재는 내 인생에서 많은 영향을 끼친다. 좋은 영향일 수도 있겠지만 그 반대인 경우도 있기에 좀 더 신중하게 친구를 고를 수 있으면 좋겠는데, 현실은 그렇지 못하다는 게 문제다.

성인이 되고 나서의 친구는 말 그대로 고를 수도 있겠지만, 어릴 적 친구는 운명처럼 다가오는 것이기에, 선택하기는 역부족일 수 있다. 그나마 다행인 것은 나와는 맞지 않는 친구라는 사실을 인식했다면 지금이라도 그 인연 끊으면 된다는 것이다. 가족 간의 인연이야 그럴 수 없다고 하더라도, 친구와의 인연은 끊을 수도 있는 일이다.

물론 사람의 인연을 말처럼 그렇게 끊는다는 게 쉬운 일은 아니다.

오래된 친구라면 더더욱 그러하겠지만 그래서 대단한 결심과 결단이 필요한 일이다.

내 인생에 해악을 끼쳤음이 분명하고 앞으로도 그럴 것이라 확신한다면, 그것은 뒤를 돌아보면 안 되는 분명하고 시급한 일이다.

비겁하게 살기 싫다면 비겁한 사람은 멀리해야 하고, 진실하고 정직하게 살았다면 거짓말하는 친구는 버려야 한다. 그래야만 내가 바로 설 수 있다. 오래된 친구 때문에 나 아닌 나, 옳지 못한 나가 되어가고 있다면 영원히 나다운 나를 찾지 못할 수도 있다.

좋지 못한 친구를 구별할 수 있는 방법을 한 가지만 말한다면, 말과 행동이 다르면서 형편에 따라 태도를 달리하는 사람은 분명 잘못된 친구이다.

형편이 좋고 나쁠 때 다르고, 입장이 바뀌었을 때 돌변하는 친구는 함께해서는 안 되는 친구이다.

그런 친구는 둘이 있을 때와 여럿이 있을 때 하는 말이 다르다. 앞에서 하는 말이 다르고 뒤에서 하는 말이 다르다. 거짓을 말하기 때문에 그 거짓을 합리화하기 위해 하는 말이 다 다르다. 물론 행동도 일치하지 않는다. 그런 친구와 내가 똑같은 취급을 받고 있다고 생각하면 끔찍하다.

우리는 세상을 살면서 사실은 주변 사람을 냉정하게 평가하면서 만나지는 않는다. 특히 친구관계는 더욱 그렇다. 하지만 자의든 타의든 언젠가는 친구뿐만 아니라 주위 사람을 평가하게 되는 경우가 생긴다.

어쨌든 그런 경우가 생긴다면 그것은 좋은 현상이라고 할 수 있다. 그로인하여 주위를 한 번 더 둘러볼 수 있고, 나 자신을 냉정하게 다시 바라볼 기회가 되기 때문이다.

지금 이 시간 의도적으로라도 주변을 다시 한번 돌아보자. 친구의 진정한 의미를 되새겨 보는 시간을 가져보자. 그러면 머잖아 한 걸음 더 나아간 내 인생을 만날 수 있을 것이라 확신한다.

코로나로 배우는 세상 이야기

코로나라는 이상한 괴물이 우리 곁에 나타난 지도 벌써 5년.

요즘은 그나마 많이 완화되어 예전의 일상으로 되돌아간 것 같아 보이지만, 아직도 그 아픈 흔적들은 곳곳에 남아있다. 흔적이 남아있을 뿐만 아니라, 언제 터질지 모르는 휴화산같이 우리를 위협하고 있다.

많이 완화되긴 했어도 아직 진행 상태인 건 사실이다. 아직도 마스크를 쓰지 않고 집을 나서기가 어색하고, 어쩌다가 병원이라도 간다면 아직도 마스크가 의무다. 때와 장소에 따라 마스크 쓰지 않은 내가 또다시 죄인이 되기도 한다.

물론 나같이 현실감각 무딘 일부의 문제이겠지만, 쉴 새 없이 변하는 현실을 따라가고 적응하는 과정은 몹시 숨이 차다.

마스크를 놓고 와서 버스를 타지 못하고, 예방접종 하지 않았다고 식당에서 쫓겨나고, 죽어가는 친구 병문안도 못 하는 일들이 과연 정상적인가 많이 분노하기도 했었지만, 그래도 전부 나쁜 일만 있지는 않았기에 그나마 위안으로 삼는다.

어느 날 갑자기 다가와서 우리의 일상을 하나둘 간섭하더니, 어느 순간 세상을 완전히 뒤집어버린 코로나 팬데믹 5년, 덕분에 남은 것도 제법 있는 것 같다.

어쩔 수 없이라도 마스크를 써야만 했었기에 열심히 쓰고 다니다 보니 감기에 잘 안 걸린다. 봄철 꽃가루 알레르기로 고생했었는데, 언젠가 모르게 그 증세도 사라진 것 같다.

밤거리의 풍경이 많이 바뀌었다. 늦은 밤 길거리의 사람이 잦아들었고, 밤낮 구분 없이 대취해서 헤매는 군상들이 잘 안 보인다. 이렇게 일상이 상당히 변한 건 사실이지만, 덕분에 볼 수 있었던 우리 내면의 모습들을 다시 한번 상기시켜 보고자 한다.

우리 대한민국이 코로나를 가장 잘 극복한다고 한다. 우리 국민이 정부정책을 적극적으로 따르며 참 말을 잘 듣는다는 것이다. 무엇보다 마스크를 잘 쓰고 개인 간 거리두기 등을 잘한다. 서로를 배려하기에 가능하다고 하는데 과연 그럴까?

아무리 생각해 봐도 배려라고 말하는 것엔 동의 할 수가 없다.

버스 안에서 호흡을 고르려고 마스크 잠깐 벗은 노인을 향해 고함을 치며 나무라는 버스 기사, 모르고 마스크 쓰지 않은 채 은행에 들어갔다가 쫓겨나는 사람.

모두가 순발력이 떨어지는 노인이나 약자들의 이야기인데, 이런 일들을 두고 배려를 말할 수 있을까? 배려가 있었다면 이런 사람들을 나무라기 이전에 먼저 다른 조치를 취했어야 하지 않을까?

'배려'는 가진 자가 그렇지 못한 사람에게 하는 것이 멋지다.

차제에 다시 한번 생각해 본다.

나 자신이 마스크를 잘 쓰는 이유가 남을 배려해서라고 생각하는가? 아니면 내가 코로나에 걸리지 않기 위한 이기심일까?

이기심 때문이다. 내가 걸리지 않겠다는 이기심이 세상 어느 나라 사람보다 강하기에 우리가 마스크를 잘 쓰고 그래서 코로나를 잘 극복하는 것이다.

이런 감정은 나쁜 일이 아니고 지극히 당연한 일이다. 또한 이기심은 좋은 것이다. 내가 나를 위하는 것이 나쁠 리 없지 않은가.

나를 생각하는 이기심에서 한 발짝만 나아가면 배려가 되고 이타심이 된다. 나를 생각하는 마음으로 상대를 이해 할 수 있게 되면서 그것이 배려로 이어진다. 그리하여 그 선한 영향력이

온 세상에 펼쳐지는 것이다.

　코로나로 인하여 세상이 많이 피폐해진 것 같지만 그것으로 얻은 것도 상당하다.

　우선 개인위생을 좀 더 신경을 쓰게 된 것이 다행이다. 내 개인위생을 잘 관리한다는 것이 나뿐 아니라 내 가족, 나아가 공동체 전체를 이롭게 한다는 사실을 다시금 인식한다.

　좀 더 깨어있는 정신으로 살아야 할 것 같다.

　코로나의 와중에 병들고 죽어가는 친구, 또 다른 지인. 평소보다 훨씬 더 쓸쓸하게 사라져가는 죽음을 바라보며, 그 변두리에서 서성이고 있는 내 삶의 끝자락을 다시 한번 움켜잡아본다.

현재에 산다

"미래의 행복을 꿈꾸며 오늘을 열심히 산다."

대부분의 사람이 이런 마음으로 살아가는 것 같다. 오늘의 고통을 견디면 미래엔 행복한 날이 올 것이라고 말이다.

물론 그렇게 내일의 행복을 꿈꾸는 것이 좋은 일이겠지만, 분명한 것은 내일의 더 나은 행복을 꿈꾼다면 오늘 또한 행복해야 한다는 사실이다. 오늘이 고통스러우면서 내일의 행복을 꿈꾼다면 그 내일은 영원히 만나지 못할 수도 있다.

행복은 내 마음속에 있는 것이다. 지금 비록 고통스럽더라도 그 마음에 행복이 있어야만 내일도 모레도 행복할 수 있는 것이지, 지금 없는 행복을 미래에 만날 수 있을 것이라는 믿음은, 뜬 구름 잡으려 하는 것이나 다름없다.

현재에 살아야 한다.

지금 이 순간에 집중해야 한다. 현재를 잘 살아야 미래도 있고 과거도 있는 것이다. 지금은 제쳐두고 미래를 상상하고 과거를 돌이키는 건 헛된 망상에 불과하다. 희망을 꿈꾸는 건 좋은 일이고 과거를 되돌아보고 반성하는 것도 도움이 되겠지만, 그 모든 것이 현재를 잘 살기 위한 것이어야 한다.

　미래는 상상 속에 있는 것이고, 과거는 지나간 추억일 뿐 되돌릴 수 없는 일이지만 현재는 존재하는 현실이다. 그래서 현재가 없는 미래도 과거도 존재하지 않는다.

　모두가 지금이다. 지금 이 시간만 존재한다. 지금 이 시간이 연결되어 과거가 되고 미래가 되는 것이다.

　현재가 결국 내 인생의 시작이 되고 끝이 된다는 사실을 알게 되면 지금 이 순간의 소중함을 알게 되고, 그래서 그 소중한 시간을 무심코 흘려버리지 않게 된다.

　그러면 집착을 버릴 수 있다. 지나간 것은 지나간 대로 그대로 내버려두면 된다. 내 곁을 떠난 것에 대한 미련도 없어진다. 떠나간 것이 있으면 새로운 것이 또 다가온다. 사람도 마찬가지이다. 떠난 사람 잡을 필요 없고, 오는 사람 막을 이유 없는 것이다.

　'현재 있는 것에 집중하는 것.'

　그것이 인생을 살면서 가장 중요하게 생각해야 하는 것이다.

지금 이 순간 고통에 몸부림치는 사람도 있을 것이고, 이 시간이 최고의 환희인 사람도 있겠지만, 시간은 그냥 그렇게 무심코 지나갈 뿐이다. 시간의 흐름을 고마워할 사람도 아쉬워할 사람도 있겠지만, 시간에 역행할 순 없는 일이기에 시간 앞에 모두가 숙연해질 수밖에 없는 것이다.

어차피 내가 움켜쥐고 있을 수도 서둘러 보내버릴 수도 없는 '지금'이라는 시간, 그 변함없음에 감사하며 더 알뜰하게 내 방식대로 잘 사용할 수 있다면, 알 수 없는 내 미래도 어느 정도는 예약이 가능하지 않을까.

7월의 초입이다. 장마가 막 시작되려 한다. 습한 날씨에 불쾌지수가 높아지는 날들이지만, 이런 시간도 머잖아 지나갈 것이라 생각하면 그렇게 고통스러워할 일은 아니다.

똑같은 하루 똑같이 주어진 24시간이지만 어떤 날은 상쾌하고 어떤 날은 불쾌하다. 상쾌한 날 상쾌한 기분들을 떠올리며 기분 좋게 또 하루를 보낼 수 있어 다행이다.

우리의 자화상
그래도 희망을 이야기하며

내가 글을 쓸 수 있는 이유

내가 글을 쓸 수 있는 이유는 인생을 몸으로 배웠기 때문이다. 칠십 인생을 몸으로 부딪치며 배웠다. 또한 지금도 열심히 배우고 있다.

이것이 책을 많이 읽지 못했고, 지식도 없는 내가 당당하게 인생을 이야기할 수 있는 이유이다.

어떤 이는 책으로 인생을 배웠다고 한다. 책을 수천 권 읽었다고도 한다.

사실 인생을 배울 수 있는 도구 중에 책만큼 유용한 것도 없다. 책에는 많은 이야기가 있다. 내가 경험하지 못한 다양한 인생 이야기와 더불어, 삶에 도움을 주는 좋은 이야기가 넘쳐난다. 그만큼 많은 것을 배울 수 있는 곳이 책이다.

하지만 한 가지 짚고 넘어가야 할 점이 있다.

책은 이론이다. 물론 그 이론을 활용해서 내 삶에 잘 접목시

킨다면 그보다 더 좋은 건 없겠지만, 문제는 현실과의 괴리이다. 책에 있는 수많은 좋은 이야기들이 현실에는 전혀 다르다는 사실을 알게 되는 순간 많은 혼란을 겪게 된다.

모두가 인정하는 옳은 이야기 일지라도 현실에서는 전혀 다르게 적용되기도 하고, 아니면 완전히 다른 세상 이야기처럼 쓸모없게 되고 마는 대부분의 사실이, 현실을 살고 있는 우리를 슬프게 한다.

그래서 인생을 책으로 배웠다는 말은 단지 지나가는 농으로 들릴 뿐이다.

글을 쓰는 이유, 애타게 말을 하고 싶은 이유는 딱 한 가지다. 살면서 몸으로 깨달은 이야기, 책에선 해주지 않는 이야기, 그 이야기를 하고 싶었기 때문이다.

모두가 공감하진 않을지라도 누군가는 내 말에 영감을 얻을 수 있기를, 그래서 앞으로의 삶에 조금이나마 보탬이 되기를 기대할 따름이다.

"도덕적 미덕은 습관의 결과로 생긴다." 즉 미덕은 행동으로 배우게 되는 것이다. "예술이 그러하듯 미덕은 무엇보다 실천

을 통해서 얻을 수 있다"(아리스토텔레스)

—마이클 샌델 교수, 『정의란 무엇인가』 중에서

우리의 젊은이들이 단군 이래 가장 똑똑하고 유능하다고 한다.

전적으로 동의하고 공감한다.

시대가 엄청나게 빠르게 변하고 있다는 건 모두가 인정하는 사실이겠지만, 그중에 가장 달라진 것이 있다면 젊은이들의 의식변화인 것 같다.

주변을 별로 의식하지 않으면서 주관이 뚜렷한 것은 물론이고, 거짓과 정의를 구분하는 능력이 우리 때와는 비교할 수 없을 정도로 탁월하다. 선동과 유혹에 휘둘리던 우리의 모습과 몰라보게 달라진 그들을 바라보며, 대한민국의 장래를 밝게 예견해 본다.

그런데 과연 그들이 50~60대가 되어도 정신과 행동이 그렇게 맑고 건강할까? 그런 생각을 하면 기성세대 우리 어른들의 책임을 말하지 않을 수 없다.

어른이 먼저 변해야 한다.

살면서 깨달은 것 중 가장 확실한 하나는, 아이는 부모를 보고 배운다는 사실이다. 바르지 않은 아버지가 내 아이는 바르게 자라기를 기대한다는 것은, 연못에서 바닷고기를 얻겠다는 것과 다름없다.

내 아이가 바르게 자라기를 바란다면 먼저 내가 바르게 행동해야 한다. 요즘의 아이들은 훨씬 똑똑해졌기에 더욱 절실히 요구되는 말이다.

어른이 바뀌지 않고 애들을 탓해서도 안 된다. 어른이 바뀌지 않으면 지금은 똑똑한 것 같은 아이들도 나중엔 기존의 늙은이보다 더 추하게 바뀔지도 모른다. 이렇게 얘기하다 보니 기성세대 모두가 추하다는 것처럼 들릴 수도 있겠지만, 작금의 형태를 보면 수긍하지 않을 수도 없으리라 생각된다.

지금은 어른이 없는 시대이다. 예전에 비하면 그렇다는 건 나와 같은 세대라면 대부분 인정하리라 믿는다.

그 서슬 퍼렇던 독재정권 시절에도, 권력에 쓴소리하며 바르지 못한 젊은이를 나무라던 당당한 어른이 있었는데, 요즘은 그런 어른은 어디에서도 볼 수 없다. 권력에 빌붙어 아부하다 돌아서면 불평만 늘어놓으며, 그 추한 얼굴 어떻게든 내밀어 보려고 애쓰는, 비겁하고 초라한 늙은이들만 넘쳐날 뿐이다.

나는 내 자식들을 가르치지 않았다.

가르치려 하지도 않았다.

그저 그렇게 커가는 걸 지켜봤을 뿐이다.

그런데 애들은 어느새 나를 닮아있더라.

나를 닮아서 고맙고, 나를 닮지 않아서 고맙다.

우리 세대가 효를 아는 마지막 세대, 효도 받지 못하는 첫 세대라는데, 그래서 나는 행복하다. 후대에 났더라면 부모님의 은혜, 형제간의 우애 그런 건 아예 모를 수 있었다는 사실은 끔찍하다.

"성공한 사람이 되려고 할 것이 아니라 가치 있는 사람이 되려고 노력하라." (알베르트 아인슈타인)

그때를 생각한다

인생을 대체로 즐겁게 사는 편이다. 많은 걸 누리며 살지는 못할지라도 즐겁게 살기는 하는 것 같다.

힘든 일이 별로 없다. 어려운 일도 없다. 내가 나서서 해결하지 않으면 안 되는 일들은 거의 사라졌다. 나를 괴롭히던 많은 일들 나의 적이 되어 나를 아프게 했던 사람들 이제는 모두 부질없는 과거일 뿐이다. 그 모든 과거의 일들이 축적되어 지금의 내가 있는 것이겠지만 과거로 인해 미래를 방해받진 않을 것 같다.

한때는 과거의 안 좋았던 기억들만 차곡차곡 쌓여있던 적도 있었지만, 그것들조차도 어느 순간 기억 저편으로 사라져 버린 지 오래다. 이렇게 과거는 나의 숨기고 싶은 치부가 되어가고 있지만, 그래도 그 과거의 흔적들이 내 삶의 활력으로 다가오고 있다는 사실을 최근에 와서야 알게 됐다.

60년대 중반부터 70년 초반까지 초중학교 다닐 무렵, 그때가 내가 기억하는 가장 어려웠던 시절이었던 것 같다. 물론 그 이전이 더 어려웠겠지만 내게 남아있는 기억엔 이것이 전부이다.

여섯 식구가 조그만 방 하나에 기거하며 '김치국밥'으로 불리는 꿀꿀이죽으로 대부분의 끼니를 해결하던 시절, 냄새나는 재래식 변소마저 줄 서서 기다려야 했던 시절, 설에 한 번 추석에 한 번 목욕하는 게 전부이던 시절. 그 시절을 생각하면 지금 조금의 불편함은 호사다.

혼자서 잠자고 사색할 수 있는 내방이 있고 삼시세끼 밥 굶지 않을 수 있고, 하루에 한 번 샤워할 수 있는 화장실도 있다.

그때를 생각한다.

그때를 생각하며 지금의 나를 위로하다 보면 어느새 많이 행복한 나 자신을 발견한다. 세상이 고맙고 지금 내가 살아있음이 고맙다. 그래서 큰 욕심 없이 살고 있지만 그럴수록 새록새록 되살아나는 간절함 하나는 있다.

내 삶의 존재가치를 찾고 싶다. 나 태어난 가치와 존재의 이유를 찾지 못하고 세상을 마무리하기는 너무 억울하다. 물론 아직도 그 가치를 알지 못한다. 그래서 나 스스로 만들어가기로 한다. 찾지 못하면 만들면 된다.

"세상을 위해 뭔가를 기여한다."

이것이 내가 만들어야 할 나의 가치라는 결론에 도달했다.

간절하게 꿈을 꾸면 이루어진다고 한다. 그래서 그 뭔가를 위하여 간절하게 꿈꾸기로 한다.

나는 지금 간절한가? 또한 그 간절함이란 어떤 것일까?

나락으로 떨어져 봐야 진정한 간절함이 생긴다고 하는데, 나의 경우 나락으로 떨어진 지가 한참 되었고 남들은 상상하지 못할 정도의 빈곤한 상황이지만, 나는 별로 불편한 점이 없다.

세끼 밥 먹을 수 있고 잠잘 수 있는 공간도 있다. 지금은 잠시 끊었지만, 술좌석에도 가끔 불러주는 친구들도 있다. 또한 글을 쓸 정도로 몸과 정신이 건강하다.

그래서 불편한 점은 없다. 미래를 상상해 봐도 죽을 때까지는 불편할 것 같지 않다. 그래서 간절함과는 동떨어진 삶을 사는 것 같기도 하다.

하지만 나는 지금 간절하다.

'기여를 한다'는 게 이토록 어려운 일인 줄 몰랐다. 예전엔 생각조차 안 해봤던 일들을 지금 와서 생각해냈다는 사실도 쉬운 일은 아니었지만, 그것을 실천에 옮기는 일은 더더욱 어려운 일이다.

나이가 들면서 시야가 좁아지고 더불어 활동 범위가 축소될 수밖에 없다는 사실이 안타깝다.

그래서 더욱 간절하게 꿈꾼다. 간절하게 기도하며 간절하게 몸과 마음을 리빌딩하고 시간을 쪼개고 또 쪼개면서 '진인사대천명(盡人事待天命)'의 심정으로 하루를 살고 있다.

세상을 위해 내가 할 수 있는 일은 무엇일까?

무엇으로 세상에 선한 영향을 끼칠 수 있을까?

이것이 내 삶의 의미이고 남은 생 행복하게 마무리할 수 있는 가장 좋은 선택이라 단정한다.

김형석 교수님의 이야기를 한 번 더 빌리자면 "인생백년을 넘게 살면서 다시 되돌아가고 싶은 시절은 육칠십 대 시절"이라고 하신다. 그 이유는 그 시절이 남을 위해 살 수 있었기 때문이라신다. 인생을 통틀어 가장 행복하고 보람된 시절이 남을 위해 살았던 시간이셨단다.

남을 위해 살 수 있어야 한다. 그래야 내가 진정으로 행복해진다. 남을 위해 하나를 주면 나도 모르는 사이에 열 개가 들어와 있다. 나이가 들어가면서 그 진실을 조금씩 알아가고 있다.

그래서 그때를 생각한다.

그때는 뒤를 돌아볼 수 없었다. 앞은 더더욱 암담해 보였다.

한 치 앞을 못 보고 미래를 논할 수 없었던 그때를 생각하면 지금은 천국이다. 옛날의 시행착오를 거울삼아 미래의 희망을 말할 수 있는 현재가 그래서 참 좋다.

성공의 의미 · 2

성공의 의미를 한 번 더 생각해 본다.

성공의 진정한 의미를 한마디로 정의하자면 '영향력'이라고 말하고 싶다.

성공한 사람은 영향력이 있다. 어느 분야이든지 그 분야에서 능력을 발휘할 수 있고 영향력을 행사할 수 있으면 성공자이다.

친구 사이에서도 영향력이 있으면 성공자이다. 말발이라고 하는데, 말발이 먹히면 그 분야에서는 성공자이다. 또 성공한 사람은 말발이 먹힌다. 성공한 사람의 말은 잘 들어준다.

미치는 범위의 크기와 관계 없이 성공한 사람은 영향력이 있다. 물론 큰 성공자의 영향력은 작은 곳에도 통하겠지만 말이다.

문제는 어떤 영향력이냐이다.

성공자의 영향력이 선한 영향이면 좋겠지만, 좋지 않은 영향을 끼치는 경우를 종종 본다. 그 사람이 큰 성공자라면 그 폐해는 말할 수 없이 클 수밖에 없다.

그 사회 그 국가 전체가 나쁘게 물들 수밖에 없는 것이다. 국가의 대표자나 영향권자가 범죄자라면 그 국가 전체가 범죄 집단으로 되지 않는다고 누가 보장하겠는가?

성공한 사람이 많아야 좋은 세상이다. 선한 영향을 끼치며 존경받는 성공한 사람이 많은 세상은 살기 좋은 세상이라 말할 수 있겠지만 반대로 크게 성공한 자가 악한 영향을 끼친다면?

우리는 모두 성공한 사람을 따르고 싶어 한다. 성공한 사람을 존경하고 따르며 그 사람을 닮고 싶어 한다.

그런데 그 성공한 사람이 진정으로 사회에 선한 영향을 끼치며 사회에 기여했는지 즉시 판단하지는 못할 수도 있다. 그저 막연히 동경하는 것이 존경으로 이어질 수도 있는 일이기 때문이다.

성공의 의미는 또한 존재의 의미와 맞닿아있다.

인간은 성공의 욕구로 존재한다고 말할 수 있다. 성공에의 욕구 없이 어떻게 존재의 의미가 있겠는가.

뭔가를 쟁취하고 뭔가를 이루어내었을 때의 쾌감 그 느낌으로 한 발짝씩 성장하는 것이 인간이고, 그랬을 때 내 삶의 가치를 다시금 확인하게 되는 존재이기도 하다.

그런 의미에서 지금의 사회는 죽은 사회이다.

선한 영향을 끼치는 사람이 안 보인다. 성공자는 있으나 선한 영향의 성공자는 안 보인다. 주위의 아픔은 외면한 채 오로지 자기와 자기 주변의 이익에만 혈안이 되어있다.

분명히 잘살게 되어 성공자가 많은 것 같지만 그들이 모두 사회 전체의 이익에는 애써 외면한다. 그러다 보니 모두가 그들을 닮아간다. 이것이 작금의 현실이다.

이렇게 간다면 사회는 점점 더 썩어갈 수밖에 없다. 파렴치한 범죄자들이 세상의 높은 곳에 존재하며 사회정의를 외치고 있는 세상에서 어떻게 미래를 논할 수 있겠는가!

법은 어디에 쓰는 물건인가? 정의는 어느 쓰레기통에 처박혀 있는가? 그러고는 법치국가라고 말하는가!

그런 사람을 지도자로 선택하는 세상이 되었다. 마지막 남은 국민의 도덕성마저 무너져가는 시점이다.

이것은 누구 혼자만의 잘못은 아니다. 우리가 선택한 우리 모두의 업이다.

문제는 이것을 우리 후대까지 물려줄 것인가이다.

모든 것이 파괴되어 버린 전쟁을 겪으면서 오로지 먹고 살아야 하는 절박함 하나로, 옳고 그름을 구별할 겨를조차 없이 힘들게 살아오신 우리 선대의 잘못도, 또 그것을 알면서도 바로잡지 못하고 고스란히 이어온 우리 세대의 잘못도 분명히 있다. 하지만 이런 것들은 더 이상 우리 후대에까지 물려주진 말아야 한다.

우리도 분명 내세울 만한 대단한 업적이 있다. 세계 10위권의 경제 대국이 되었고 선진국이라는 칭호도 얻었다. 하지만 이 모든 것을 우선하는 것이 있다는 것을 간과해선 안 된다.

선진의식을 물려주어야만 한다. 경제력을 물려주고 선진국을 물려주는 것도 좋지만 무엇보다 선진의식을 물려주어야만 한다. 이것이 우리에게 남은 마지막 소명이라 강조하고 싶다.

성공해야 한다. 그래서 사회에 선한 영향을 끼쳐야 한다. 그것이 목적이 되고 목표가 되었을 때, 그렇게 생각하고 그렇게 행동하는 사람이 많아졌을 때, 이 사회는 진정 정의롭고 활기찬 살맛 나는 세상이 될 것이며, 미래세대를 향해 "우리 이렇게 살았노라" 당당하게 자랑할 수 있을 것이다.

의사라는 사람들

주변을 둘러보면 많은 병원들, 수많은 의사가 있다.

그들은 소위 말하는 엘리트 집단이다. 사회의 최상위권에 있으면서, 존경(?)받는 위치에서 많은 사람의 부러움의 대상이 되기도 하며, 그렇게 우리 사회 구성원 중의 한 사람으로 살아가고 있다.

지금부터 하는 얘기는 그 사람들을 폄하하고 욕하자는 게 아니다. 물론 모두가 다 그렇다는 것도 아니다. 다만 일부가 그렇다는 걸 필자의 경험에 의하여 나 자신의 시각으로만 바라본 이야기이니까, 불편하신 관련 종사자들이 계시다면, 직접 꾸짖어 주시면 감사하겠다는 말씀 먼저 드린다.

임플란트를 하려고 치과에 갔었다.

어금니 하나가 빠져서 조금 불편한 와중에, 딸아이 결혼이 있어 딸아이의 요청이 있기도 했거니와, 마침 만 65세 이상은 이빨 두 개 정도는 보험이 가능하다기에 겸사겸사해야겠다 싶어서 마산 시내 치과 두 군데에 들렀다.

한곳에서는 치아 두 개를 더 발치해서 세 개를 같이 해야 한다고 하고, 다른 곳에서는 치조골이 약하니까 인조 뼈를 심어야 한다고 한다.

결국 내가 애초에 생각했던 가격과 엄청난 차이를 실감하고 돌아서고 말았다.

눈에 다래끼가 생겨서 안과에 갔었다.

분명히 다래끼 하나로 병원에 갔었는데, 이것저것 대략 대여섯 가지 정도의 복잡한 검사를 하고 약 3시간 만에 퇴원했다.

며칠을 더 내원하라고 했는데, 그길로 더 이상 가지 못했다.

없는 병도 만들어가는 기분이었는데 또다시 그들을 만나고 싶지 않아서이다.

아토피 피부염으로 병원을 다녔다.

동네 병원을 다니면서 완쾌와 재발을 반복하다가, 결국 지역에서는 제법 용하다는 조금 큰 병원을 찾아갔었는데, 그곳에서는 다른 곳과는 달리 15일분의 약을 처방받았다.

그런데 놀랍게도 이틀을 약을 먹고 바르니 거의 나은 것처럼 보인다. 그래도 종전의 경험이 있기에 꾸준히 15일분 전체를 다 먹었다. 그래서 완치되었다고 생각했었는데 일주일이 안 돼서 다시 재발하는 것이다.

그렇게 완치되는 것 같다가 심해지기를 반복하며, 세 번을 더 같은 병원에 다니다가, 더욱 심해진 상태에서 어쩔 수 없이 그 병원을 다시 한번 들렀는데, 보름치를 처방해 주면서 한 번 더 들르라고 한다.

보름 후 다시 저번처럼 보름치를 더 처방해 준다. 거의 다 나은 상태였고 보름치를 연이어 처방받은 적은 없었기에 의아하기도 했었지만, 그래도 이번에는 더 심하기 때문인가 보다 생각했었는데…

추후 보름치 약 먹은 첫날, 잠을 이룰 수가 없었다.

이유를 잘 몰랐는데, 그다음 날도 마찬가지라 아무래도 약 때문이라는 생각에 먹는 약을 중단했다.

그렇게 한 20일이 지났지만 잠은 잘 자는 편이다. 물론 피부염도 아직은 괜찮다.

알고 보니 피부에 관한 스테로이드성 약은, 보름 이상 장기적으로 먹으면 상당한 부작용이 있을 수 있기에, 장기간 처방은 안 한다는 것이다.

그런데 필자는 의사뿐만 아니라 병원관계자 그 누구에게서도 그런 말은 듣지 못했다.

의사라는 직업이 상당히 고되고 어려운 직업이라는 사실은 누구나 알 수 있는 사실이다. 반면에 모두가 부러워하는 안정된 직업이란 사실도 모르는 사람은 없을 것이다.

그런 의사들의 행태가 너무 야속하다 오로지 자기의 이익에만 연연하는 것 같다.

힘들게 공부하고 노력해서 그 자리에까지 올랐다는 건 충분히 인정하지만, 또한 자본주의 사회에서 돈을 중히 여기는 건 당연하겠지만, 영리에만 몰두하는 그들의 모습을 보면서 안타까움을 넘어 애처로운 마음을 금할 길 없다.

좀 더 환자의 아픔을 이해하려는 의사는 없을까?

히포크라테스 선서를 떠올려 보게 되는 아침이다.

세상을 비교적 오래 살면서 삶의 가치를 조금은 알 것 같다.

존경받으며 세상을 사는 것, 또 그렇게 생을 마감하는 것 그것이 인생의 가장 중요한 가치라는 사실이, 나이가 노인에 가까워지면서 맹신에 가까운 종교의 모습으로 다가온다.

그것은 직업이 좋아서도, 돈이 많아서도, 권력이 대단해서도 그냥은 이룰 수 없는 일이다. 오로지 자기의 의지와 신념으로만 가능하다.

대단한 직업의 의사들. 그 직업만큼이나 존경받는 인성을 지닌 의사를 만나보길 애타게 기다려 본다.

국회의원 선거를 보면서

요즘은 선거철이다. 내일모레가 국회의원 투표가 있는 날이다.

별로 관심 갖고 싶진 않지만, 여러 곳에서 들리는 소리가 그런 이야기뿐이다 보니 어쩔 수 없이 그 이야기를 하게 된다.

민주국가에서 국회의원이라는 직업은 정말 대단한 권력이고 권력기관이다. 대통령 중심제하에서 국민의 대표이면서 행정부의 수반인 대통령이 있지만, 요즘엔 국회의원의 권력이 오히려 대통령을 능가하는 것 같다.

물론 삼권분립이 엄연한 민주국가에서 입법기관인 국회의 역할은 충분해야겠지만 말이다.

국회의원 우리는 그들을 정치인이라 부른다.

그 정치인의 행태가 너무 한심해 국민의 한 사람으로서 부끄러움을 감출 수가 없다. 그런데 그들은 부끄러움을 모른다. 수치심이 없다면 인간이 아닐 것인데 정말 그들은 인간이 아닌지도 모르겠다.

그런 사람들이 지금 법을 만드는 국회의원이 되겠다고 한다. 파렴치 전과자이면서 지금도 범죄혐의를 받고 있는 범법자들이 수두룩하다.

검찰도 조롱하고 심지어 사법기관인 재판부도 우습게 생각한다. 피의자이면서 법원 출석기일을 마음대로 조정한다. 일반 국민으로선 상상조차 하지 못하는 일을 그 사람들은 하고 있다. 이 나라가 진정한 법치국가인지 묻지 않을 수 없다.

입만 열면 거짓말로 선동한다. 말도 안 되는 거짓을 말했다가 아니면 그뿐이다.

국회의원이 그 정도로 대단한 권력인가? 아무 말이나 막 해도 되고 아니면 그만인가. 언제까지 면책특권을 말할 것인가. 그들은 법 위에 군림하는 존재인가?

권력이 그 정도로 대단하다면 그만큼 책임도 있는 법인데, 어떻게 된 일인지 권력은 내세우면서 책임은 지지 않는다. 법을 마음대로 휘두르고 위반하면서 국민은 법을 지키라고 말하며 온갖 거짓과 선동으로 내 편 네 편을 갈라놓는다.

그래 놓고 '국민 눈높이'라는 말을 한다.

이 말이 대체 무슨 말인가? 언론에서 먼저 말했는지 정치권에서 먼저 했는지 잘 모르겠지만, 아무리 이해하려 해도 이해하기 힘들다.

어떤 기준으로 눈높이를 재단하는가. 국민 평균이라면 자기들이 그 평균을 정확히 알고 있단 말인가?

이 말도 '내로남불'에 다름 아니다. 자기가 보는 잣대로 그냥 갖다 쓰는 것이다. 비열한 선동꾼이 상대의 잘못을 지적할 때 하기 쉬운 말로 하는 말 이런 말은 쓰지 않기를 국민의 한 사람으로서 경고한다.

언제부터 당신들이 국민을 그렇게 생각했는지 묻고 싶다. 선동하지 말고, 그냥 그대로 우리가 일하게 해주면 그것만으로도 감사의 인사를 해야 할 판국이다.

이렇게 대한민국의 정치는 암울하다. 정치는 없고 정치인만 있다. 지금 우리가 선진국에 진입했다고 하지만 정치가 후진을 벗어나지 못하기에 선진국이라고 당당하게 말하긴 부끄럽다.

하지만 전혀 희망이 없는 것은 아니다 선진의식의 우리 젊은이들이 있기 때문이다.

그들은 영리하고 주관이 또렷하다. 정보가 빠르다. 그러다 보니 옳고 그름을 잘 판단한다. 그러면서 쉽게 동요하지 않는다.

그래서 선동에 휘둘리지 않고 냉정하다. 어른들의 잘못과 함께 자신들의 처지가 불만일 텐데도 쉽게 움직이지 않는 걸 보면서 우리 때와는 많이 달라진 젊은이들이 대단하다고 생각한다.

얼마 전, 선동을 좋아하는 정치인들이 젊은이들의 성향을 이용하려고 선거연령을 낮춘 적 있다. 그런 젊은이들이 그 선동하는 정치집단에 등을 돌리는 모습을 보면서 대한민국의 희망을 보았다.

또한 수년 전, 지금도 국회의원 선거에 출마한 어느 정치인의 파렴치한 범죄혐의로 그 정치인을 장관에 기용하느냐 마느냐 세상이 시끄러웠던 적이 있다. 그때 많이 분개하면서도 냉정을 잃지 않는 그들을 보면서 나의 믿음에 확신을 갖게 되었다.

정치인은 존경받아야 한다. 한 지역을 대변하고 국민 전체를 대표하는 사람이기에 존경받아야 한다. 또 그런 사람이 국회의원이 되고 대통령이 되어야 한다. 그래야 국민이 믿고 안심하며 걱정 없이 생업에 종사할 수 있고 그랬을 때 국가가 바로 설 수 있을 것인데…

대한민국에 그런 정치인이 언제쯤 나올 것인지 많이 기다려진다.

어른이란

무엇이 어른일까?

나이가 들면 어른일까? 머리가 희어지면 어른일까?

언제부터인가 어른이라는 단어에 대한 상당한 의구심과 함께 많은 생각을 하게 된다.

어른이 되고 싶어서이다.

나이가 든다고 그냥 주어지는 어른이 아닌 제대로 된 어른이 되어야 할 텐데, 그것이 상당히 어려운 일이라는 사실을 알게 되면서 그 어려운 일을 해야겠다는 무거운 책임을 느낀다.

젊었을 땐 어른을 동경했었는데, 막상 나이가 들어가니 어른이 되어 간다는 게 두렵고 걱정이 앞선다.

세상에 어른이 없다. 백 세 시대에 나이 든 늙은이는 넘쳐나는데, 어른은 안 보인다.

살아온 세월이 당당하고 또 그렇게 남은 날들도 살아갈 자신이 있을 때, 모두가 인정하는 어른이라 말할 수 있을 것인데, 어쩐 일인지 그런 사람을 찾기가 쉽지 않다.

어른이 당당한 사회가 건강한 사회이다. 당당하고 떳떳하게 중심을 잡아주는 어른이 있어야만 젊은이들이 바로 서고, 그 젊은이들이 바로 서야만 앞으로의 세상을 희망으로 바라볼 수 있을 것인데…

어른이 어른답지 못하니까 젊은이를 바로잡아주지 못한다. 어른의 행동이 바르지 못하면서 젊은이의 잘못을 꾸짖으면 그 젊은이는 꾸지람을 올바르게 알아듣지 않는다. 무조건 수긍해야만 했던 우리 때와는 많이 다르기 때문이다.

이것이 현실이다.

언제부터를 어른이라 칭하는지는 잘 모르겠지만, 정부에서 정해놓은 65세 이상을 노인 세대로 보기로 하자.

사실 이 시대의 늙은이들은 초라하다. 초라하다 못해 불쌍하다.

6.25 전쟁 전후 격변의 시대에 태어나, 수많은 경쟁의 소용돌이 속에서 세파에 시달리며 제 몸 하나 간수 할 겨를조차 없이 쉼 없이 달려오다 늙어버린 몸, 이제야 쉬어보려 하나 세

상은 그를 알아주기는커녕 오롯이 차가운 시선으로만 바라보고 있다.

그렇게만 생각하면 억울한 세월이지만, 그것이 전부는 아닐 것이다. 우리에겐 아직도 우리가 책임져야 할 시간이 남아있다. 다음 세대의 길을 열어줘야 한다. 그래야만 우리가 진정으로 우리 세대의 역할을 다했다고 말할 수 있을 것이다.

우리 민족 반만년 역사에서 모르긴 몰라도 우리 세대만큼 빠르게 흘러가는 세상을 산 세대는 없을 것이라 생각한다.

전쟁을 겪은 사람도 있고 그 언저리에서 태어난 사람도 있겠지만, 이제는 그 모두가 어우러져 노인 세대가 되었다. 전쟁의 고통이야 말해 무엇하겠는가마는, 전후의 처참한 시절도 전쟁 못지않은 아픔이라 말하지 않을 수 없다. 모든 걸 앗아 가버린 전쟁의 흔적으로 오롯이 남겨진 가난과 질병의 아픔을 뼈저리게 체험하면서, 오로지 살아남기 위해 수단과 방법을 가리지 않고 살아왔던 시간들.

나아가 좀 더 잘살아보기 위해 열심히 달려오다 보니 뒤돌아볼 겨를이 없었다. 주변을 둘러볼 여유는 더더욱 없이 오로지 앞만 보고 그렇게 달려왔다.

전기도 없던 시대에서 이제는 아이티 강국, 지구상 최빈국에 가까운 나라에서 세계 10위권의 경제 대국, 후진국과 개발도상국을 지나 선진국에 이르기까지. 짧은 기간 동안 정말 많은 일들을 겪으며 숨 가쁘게 달려왔다.

그렇게 어느새 지나가버린 세월, 백발만 남아 늙어버린 몸뚱이 이것이 이 시대의 늙은이들이다.

그래서 대접받고 싶다. 그래서 존경받고 싶다.

"애쓰셨다." "고생하셨다." "고맙습니다." 인사받고 싶다.

하지만 그럴 수 없는 게 현실이다. 존경이 아니라 욕만 먹지 않으면 다행이다.

우리는 그 이유를 알아야만 한다.

이 시대 늙은이 중 하나로서 감히 그 물음에 답해 보고자 한다.

"열심히 살았지만 정의롭지 못했고, 바쁘게 살았지만 진실하게 살지 못했다."

이것이 이 시대 늙은이의 초상이다. 늙었으나 어른이라 불리지 못하고, 나이가 많으나 존경받지 못하는 부끄러운 노인의 참모습이다.

함부로 말한다고 욕하거나 아니라고 부인할 사람도 없진 않겠지만, 대부분이 공감할 수밖에 없는 어쩔 수 없는 시대적 상황이었다고 변명해 본다.

대부분이 그렇게 살아왔다면 그것은 시대의 요구였음이 틀림없다. 살아남기 위한, 급변하는 세상의 중심으로 한 발짝 더 나아가기 위한 절박함이었다는 사실을 후세에서 기억해 주길 바랄 뿐이다.

어른이 되어야 한다. 나이가 들었다고 되는 어른이 아닌 진정한 어른이 되어야 한다.

지금부터 시작이다. 한민족 반만년 역사에 이렇게 빛나는 시대는 없었다. 이렇게 찬란하게 빛나는 시대를 열어놓은 주역으로서의 당당한 모습을 보여야 한다.

자라나는 자녀는 물론 손자손녀 세대뿐만 아니라, 먼 훗날의 후세에게 부끄럽지 않은 선배로 기억될 수 있는, 마지막 남아있는 우리 세대 역할이 무엇일까? 다시 한번 생각해 봐야 할 때이다.

거짓과 진실 사이

세상에는 늘 두 가지 사실이 있다. 진실 아니면 거짓이다.

그 두 가지 사실을 두고 수많은 가설이 존재한다. 진실을 포장한 거짓, 거짓 같은 진실 등등 그렇게 많은 이야기가 만들어지고 꾸며진다. 그래서 세상에는 재미있는 일이 많이 일어난다.

거짓이 문제가 되는 경우는 그 거짓으로 이익을 보는 집단이 생겨나기 때문이다. 거짓을 만들어내어서 그것으로 이익을 보는 집단, 그 집단의 대표적인 경우가 정치인들인데 오늘은 그 이야기는 접어두기로 한다.

진실한 사회에서는 거짓이 욕을 먹겠지만, 거짓이 만연한 세상에서 진실이란?

그것은 어리석음의 상징이다. 어리석고 못난 사람들이 진실을 추구하고 진실하게 살려고 할 뿐이다.

거짓된 세상에서는 그냥 거짓되게 살면 된다. 좀 더 큰소리치며 살고 싶으면 더 많은 거짓을 범하고, 아니면 그냥 그렇게 적당히 거짓말하면서 살면 된다.

그런데 그게 잘 안되는 사람이 간혹 있다. 모자라는 사람 중에 똑똑한 사람이 있듯이, 영리한 사람 중에도 그렇지 못한 사람이 있기 마련이다. 우리는 그런 사람을 어리석다 말한다.

거짓된 세상이다.

더 큰 거짓을 저지르는 사람을 추앙하는 세상이 돼 버렸다. 거짓인 줄 알면서 그 거짓을 응징하려 하지 않고 오히려 동조한다. 그러다 보니 그 거짓이 능력이 되어 또 다른 거짓을 만들어낸다. 그런 사람이 세상을 좌지우지한다. 그렇게 모든 이의 눈과 귀를 멀게 하며 신앙처럼 제왕처럼 군림한다.

이것이 자유민주주의를 추구한다는 대한민국의 현실이다.

친구들끼리의 조그만 모임에서 보면 거짓말을 잘하는 사람이 재미있다. 거짓을 재미있게 말하면 그 말이 거짓인 줄 알면서도 재미있으니까 들어주는 사람들이 많다. 그런데 계속 듣다 보면 어느 순간 그 말이 진실이 되어있다. 거짓말이 반복되어 진실로 둔갑한 것이다. 듣는 사람은 그 말이 거짓이라는 사실은 어느새 잊어버리고 기억조차 없다.

거짓말을 하는 사람과 진실을 말하는 사람은 닮은 점이 많이 있다. 그래서 구분이 잘 안된다. 당당하게 말한다. 당당하게 말하고 큰 소리로 말한다. 큰 소리로 말해야 상대나 듣는 사람이 현혹될 수도 있기 때문인 모양이다. 거짓이 들켜도 당당하게 말한다. 정말 대단한 능력이다.

거짓을 말하려면 생각을 많이 하고 말해야 할 텐데, 그것을 거침없이 하는 걸 보면 엄청난 지적 능력을 갖추고 있는 것 같다. 진실을 말하는 사람보다는 상당히 머리가 좋을 수밖에 없다는 생각이다. 그런 사람이 세상에 군림하는 게 어쩌면 당연한 일인지도 모르겠다.

진실과 거짓 사이에는 과연 무엇이 있을까?

무엇이 진실이고 무엇이 거짓일까?

진실을 추구하는 것이 무슨 의미가 있을까?

삶 자체가 거짓인 것은 아닐까?

진실은 언젠가 밝혀진다는데 언제쯤 그 진실이 밝혀질까?

물음 자체가 아무런 의미가 없을 수도 있겠지만, 그래도 진실의 힘을 믿어본다.

스스로 당당한가? 부끄럽지 않고 자랑스러운가?

무엇이 삶의 의미이고 존재가치라고 생각하는가?

정답이 없는 인생이지만, 나 자신의 삶에서 답을 찾고자 노력하며 늦은 봄날의 하루를 마감한다.

사회주의 사회주의자

"개인의 자유를 제한해서 사회 전체의 이익을 도모한다."

아주 좋은 이야기이다. 전체의 이익을 위해 개인의 자유를 어느 정도 제한하는 것이 나쁘겠는가. 개인의 자유를 조금씩 양보해서 전체가 이롭게 된다면 그만큼 좋은 사회는 없을 것이다.

사회주의가 나아가서 공산주의가 된다. 공동으로 생산하고 공동으로 나눠 먹는다. 정말 유토피아 같은 세상이다. 그러면 잘난 사람 못난 사람 없을 거고, 서로 다투고 싸울 일 전혀 없이 평화로운 삶을 살 수 있을 것이다.

그렇게 좋은 사회주의 공산주의가 지구상에서 사라져가고 있는 이유는 차치하고, 아직도 그 체제를 잘 지키고 신봉하는 몇 안 되는 나라가 있는데, 그중에 북한이 있다. 같은 민족이기에 자유민주주의 체제를 유지하는 우리와 자주 비교되기도 하면서 말이다.

북한은 언젠가는 함께 가야 하는 동포이기에 우리가 몰라서도 안 되고 모른 체 해서도 안 된다. 그래서 항상 신경 쓰이고 걱정이 되는 것도 사실이지만 우리에게 들리는 소식들은 이론처럼 그렇게 아름답진 않다.

이렇듯 사회주의가 사라져가는 이유는 다양하겠지만 그중에 한 가지만 꼽아본다면 '주인의식의 부족'이 아닐까 한다.

공동으로 생산하고 공동으로 나누어 먹으면 주인은 누구인가?

물론 모두가 주인이라고 말할지 모르겠지만 개인이 주인인 자본주의 개념하고는 많이 다를 수밖에 없다.

옛날 어른들 말씀에 "병든 주인이 장골 머슴 열 몫 한다."는 말이 있다.

어떻게 병든 사람이 장정만큼의 일을 할 수 있을 것이며, 또한 열 몫의 일을 한다는 걸까? 한참을 과장되게 한 말이라 생각할지 모르겠지만, 사실은 그럴 수도 있는 것이 현실이다.

주인은 마음부터 다르다는 이야기이다. 주인의 욕심 아집도 있을 수 있겠지만 내가 주인이라는 인식은 그만큼 또 다른 의욕을 불러일으키게 하는 힘이 있는 것 같다.

똑같이 일하고 나눠 먹는 세상에 나 하나만 열심히 할 이유는 없다. 적당히 하다가 적당히 나눠 가지면 그만이다.

이것이 공산주의가 사라져가는 가장 큰 이유일 것이다. 내가 주인이고 그래서 내가 권리를 행사하고 책임 또한 져야 하는 자본주의의 이념과는 많이 다른 부분이다. 그것의 좋고 나쁨은 역사가 증명하고 있고 앞으로도 그럴 것이라 믿는다.

그렇게 북한이 공산주의 사회라면 대한민국은 민주공화국이다.

대한민국은 국민이 주인인 자유민주주의 체제인 것이다.

그런데 실상은 대한민국에서 사회주의 사상을 가진 사람들이 상당한 것 같다. 공산주의를 동경하는 사람이 많아진 느낌이다.

이것은 최근의 국회의원 선거에서 드러난 사실이다. 이런 사람들이 국민을 대표하는 국회에 진출하는 상황이니, 우리가 알지 못하는 다른 어떤 일들이 진행되고 있는지 상당한 두려움마저 느껴진다. 이것이 대한민국의 체제를 전복시킬 만큼 심각한 사항은 아니리라. 그냥 그렇게 믿고 싶다.

이를 두고 같은 민족끼리 서로의 사상을 이해하면서 통일을 준비하는 과정이라 말하는 이도 있는데, 한 치도 변하지 않은 북한을 두고 우리 내부에서만 혼란이 생긴다면, 이것은 정말 끔찍한 일이 될 수도 있다. 이것은 북한이 원하는 사회주의국가로 가는 과정일 뿐이라는 생각이다.

자유민주주의 체제하에서는 다양한 사상이 존재하고 또 그것을 인정해야겠지만, 남과 북이 분단되어있는 나라에서 민주주의 체제 자체를 부정하는 일은 없어야 한다. 이것만큼은 대한민국의 존재의 이유이고 가치이기 때문이다.

평생을 자유민주주의 국가에 살면서 민주주의의 부침과 성장을 온몸으로 겪으며, 이제 그나마 민주주의가 안착되어 간다고 생각했었는데, 이제 또다시 사회주의 체제하에서 살게 될지도 모른다는 쓸데없는(?) 걱정을 하다 보니, 인생 칠십 년이 너무 허무하게 느껴진다.

그래도 정직하게

지금의 세상이 어떤 세상일까?

비교적 진실한 세상일까? 아니면 거짓이 판을 치는 세상일까?

다방면으로 많은 생각을 해 보지만, 후자를 떠올릴 수밖에 없다. 지구촌 전체를 논하진 않더라도, 우리 대한민국 안에서만 보면 그것이 더욱 뚜렷해진다는 사실은, 우리나라 사람이면 대부분 공감하리라 믿는다.

그래도 우리는 잘살고 있다. 잘 사는 나라가 되었다. 그러면 결국 거짓이 판을 치는 세상이라도 잘 살면 그만이라는 결론으로 이어지는 것일까?

"거짓이든 진실이든 지금 잘 살면 그만 아닌가."라고 말하는 사람이 많은 세상이다. 진실은 개나 줘야 할지도 모르겠다.

믿고 싶진 않지만 현실은 그렇다.

거짓을 교묘히 잘 포장해서 말하고, 그것을 잘 이용하는 사람이 세상의 높은 곳에 군림하는 세상이다. 요즘은 오히려 포장하지도 않고 대놓고 거짓을 말한다. 그래도 우리는 그런 사람을 응징하기는커녕 옹호하기에 바쁘다.

어째서 이런 세상이 되었을까?

이 사실을 알아내려면 역사적 뿌리까지 캐봐야겠지만, 다른 건 몰라도 한 가지만은 모두가 인정할 수 있을 것이다. 머리가 좋기 때문이다. 문제는 그 좋은 머리를 좋지 않은 곳에 쓰기 때문이다. 그래서 사기 같은 지능형 범죄가 많다. 사실 사기를 당하는 사람도 일확천금을 노리는 일말의 사기심이 있기 때문에 가능한 일이다(아니라고 욕해도 어쩔 수 없는 일이지만). 그것뿐 아니라 정치인의 비리, 기업형 범죄 등, 모든 것이 먹이사슬처럼 엮여 있는 것이 현실이다.

이것이 결국 우리나라의 구조적인 모순이다.

"대한민국에서 제일 머리 좋은 사람은 교도소에 다 있다."라고 한다. 물론 교도소에서 평생을 보내도 모자랄 사람들이 세상을 주무르고 있긴 하지만 말이다.

언제까지 이렇게 살아야 하나. 어떡하면 이런 모순을 타파할 수 있을까?

　대한민국이 이렇게 구조적 모순인 사회로 계속 남는다면 우리는 더 이상 앞으로 나아가지 못한다고 단언할 수 있다. 지금까지야 어떻게든 도달했지만 더 이상 국제사회의 호응은 얻지 못할 것이다. 세계인이 좋게 보는 시각도 서서히 사라질 것이다.

　거짓된 정치인이 세상을 지배하는 나라, 그 정치인을 옹호하고 떠받드는 나라, 그런 나라를 믿고 인정해 주는 나라는 더 이상 존재하지 않을 것이며, 더 이상 부러워하고 존경하는 세계인 또한 사라질 것이다.

　이제까지야 국제사회의 관심을 받지 못하는 나라였기에 별 문제가 없었지만, 최근에는 선진국이라는 칭호를 받기도 하면서 급격하게 관심의 대상이 된 나라이다.

　우리의 일거수일투족을 바라보는 눈이 엄청나게 많아진 세상에서, 그들은 언제까지 우리의 좋은 모습만 기억하려 하겠는가.

　또한 세계인이 인정하는 선진국이 된 이상 더 나아진 모습으로 모범이 되어야 하는 것이 우리의 책무인데 말이다.

　그래도 정직하게 살아야 한다.

　바보가 될지언정 비굴하진 말자.

　조금 손해 보더라도 남의 것을 탐하지 말자.

모르고 속는 것보다 알고 속는 것이 낫다.

눈치가 빠른 것이 자랑은 아니다.

이용하는 것 보다 이용당하는 쪽이 편하다.

느리게 가도 결국에는 만난다.

평생을 이렇게 살다 보면 분명해지는 게 여럿 있다.

노후에 여유로워진다.

몸과 마음이 가볍다.

모든 게 당당하고 자신감이 넘친다.

얼굴이 젊어진다.

사람이 모인다.

물론 모아놓은 재산은 없다. 권력도 없다.

그래도 이렇게 살아온 내가 자랑스럽다.

정직하면 손해 보는 세상이다. 그렇지만 양심을 속이는 것보다는 스스로 당당한 것이 낫다.

내 인생 스스로 인정할 수 있으면 그것이 진정 성공이다.

어떻게 사는가는 당신의 몫이다.

분명한 것은 인생은 어차피 늙는다는 것이다. 늙고 죽는다는 것이다.

소년의 출세도 좋고 중년의 성공도 중요하지만, 노년의 여유가 그 무엇보다 아름다운 법이다.

나이 든 내가 좋다. 그래서 살아온 세상을 되돌아볼 수 있어 좋다.

돌아본 세상이 고마워서 정말 좋다.

박정희란 사람

인간 박정희, 그는 누구인가?

누구길래 아직도 잊지 못하는가? 누구길래 죽은 지 한참 지난 지금도 회자되며 증오의 대상이 되는가? 무엇을 잘못해서 그렇게 욕을 먹고 있는가?

살면서 제법 많은 대통령을 만났다. 건국 대통령 이승만으로부터 지금의 윤석열 대통령까지, 수많은 대통령이 지나갔지만, 내 머릿속에는 박정희 그 한 사람이 강인하게 각인되어있다.

박정희는 독재자이다. 오랫동안 혼자서 장기 집권했으니 독재자는 맞다.

하지만 그 독재를 왜 했는지는 한 번쯤 짚고 넘어가야 한다.

왜 무엇을 위해 독재를 했을까?

그분 돌아가신 지 수십 년이 지난 지금, 오늘의 우리는 알 수 있다. 또 알아야만 한다.

세계최하위권의 경제력을 가진 나라. 지구상에서 이름도 몰랐던 나라, 전쟁의 폐허로 영원히 다시 일어설 거라 기대조차할 수 없었던 나라에서, 이제는 세계 10위권의 경제 대국이다. 지구촌 대부분의 나라에서 부럽게 바라보는 나라이다.

이런 발전과 성장이 오랜 세월 동안 축적되어 이루어진 것이 아니라, 불과 수십 년, 필자가 살면서 기억하는 짧은 시기에 이루어진 일이다.

그러니까 이 모든 것이 우리 아버지 세대 나아가 우리의 세대에서 이루어놓은 업적이다. 그래서 우리는 정말 대단한 일을 했다고 감히 자부한다. 그래서 내가 자랑스럽고, 대한민국이 자랑스럽고, 대한민국 국민이라는 사실이 눈물 나도록 자랑스럽고 또 고맙다.

이렇게 우리는 대단한 자질을 갖춘 국민임에 틀림없다. 성실하고 부지런하고 의지가 강한 민족이다. 하지만 이런 좋은 자질을 갖춘 민족이라도, 이 숨어있는 능력을 끄집어내고 결집시켜줄 수 있는, 지도자가 없었더라면 가능한 일이었을까?

이 물음에 "예!"라고 답할 사람은 많이 없을 거라 생각된다.

이 모든 일들의 중심에 그분이 있었다. "우리도 한번 잘살아보세"라는 그 말 한마디로 흐트러진 국민의 정신을 한데 모았고, 덕분에 모두가 힘을 모아 경제성장의 토대를 굳건히 할 수 있었다.

　필자는 감히 말한다. 이 모두가 그분의 애국·애민 정신과 그분의 영도력 덕분이라고. 우리가 독재자라 칭하기도 하는 그분 말이다.

　어디서 나온 말인지는 모르겠지만 지금의 젊은이들이 단군 이래 가장 뛰어난 자원이라는데 필자는 그 말에 동감한다.

　지금의 젊은이들은 영리하다. 영리한데 선동에 놀아나지 않고 주관이 또렷하다. 잘못하는 어른을 바라보며 어쩔 수 없이 그 어른을 닮아가던 우리 때와는 판이하게 다르다.

　그런 우리의 젊은이들에게 꼭 한 가지 당부하고 싶은 게 있다.

　어른들의 잘못을 인식한다면 그것을 반면교사로 배워라. 그럴 수만 있다면 대한민국은 지구상에서 가장 뛰어난 나라가 될 것이라 확언한다.

　지금이 대한민국 최고의 국운 상승기라고 감히 단언한다. 세계의 지형이 그렇게 돌아간다는 사실은 어렵지 않게 인식할 수 있는 일이다. 인터넷이 급속히 발달했고 그것에 의해 모든 것이 이루어지는 세상이다.

　그것을 가장 잘 다루는 나라가 대한민국이다. 한류가 세상을 휩쓸면서 어느새 우리가 세계문화를 선도하는 문화선진국이다. 우리가 의도했든 아니든, 그렇게 세상은 우리를 주목하며 어느새 우리가 세상의 중심에 들어와 있다.

그래서 우리는 정말 복 받은 사람들이다.

그렇게 똑똑하고 영리한 젊은이들이 있는가 하면, 훌륭하신 우리 선배들의 역사도 있다.

민주국가 설립 후 짧은 기간 동안 훌륭하신 대통령을 많이 거쳐왔다.

건국 대통령, 이승만 대통령이 있었기에 나라의 기틀을 잡을 수 있었다. 또한 김대중 대통령 같은 분이 없었다면 IMF 경제위기를 쉽게 벗어나기 힘들었을 것이라는 생각을 해 본다. 그렇게 훌륭한 지도자가 있었기에 대한민국이 이렇게 번성하게 된 것이다.

여기에 세계사에서도 유례없는 박정희라는 지도자가 우리에게 있었다는 건 민족의 운명이라 말할 수 있을 것이다. 우리 민족 반만년의 역사 속에 그분 같은 지도자는 몇이나 되었을까?

우리가 비슷한 세대에 살고 있으니까 제대로 인식하지 못하고 있겠지만, 단언컨대 우리가 기억하는 그 어떤 지도자보다 훌륭한 지도자를, 우리가 우리와 비슷한 세대에서 만나보았다고 필자는 말한다.

또한 영리한 우리의 젊은이들이 미래세대를 밝혀줄 것이라는 믿음이, 나의 삶이 헛되지 않았다 확신할 수 있는 이유이다.

배려에 관하여

철학자 최진석 교수의 강의를 TV에서 본 적 있다.

우리나라가 선진국에 진입했다는 뉴스가 전해지기 전의 강의인데, 비교적 최근의 이야기니까 그대로 옮겨본다.

우리나라는 현재 선진국에 근접한 중진국의 가장 높은 곳에 와 있다고 한다. "하지만 선진국이 되려면 아직도 멀었다."라고도 한다.

시대의 아젠다도 이야기한다.

건국 이후 초대 이승만 대통령으로 시작해서 "잘 살아보세"의 박정희 대통령까지가 제1세대, 곧 '산업화 세대'다. 그 이후 지금까지가 2세대인 '민주화 세대'라고 한다.

1세대의 피나는 노력으로 산업화에 성공해서 이처럼 풍요를 누리고 있고, 민주화도 비교적 정착이 되어가고 있는 것 같다.

그러면 다가올 제3세대의 아젠다는 무엇이겠는가?

안타깝게도 최 교수는 그 답을 해주지 않았다.

우리 함께 연구해 보자는 취지라고 이해하고 싶다.

필자가 감히 그 답을 말하고자 한다. 그것은 바로 '의식의 선진화'이다.

이것은 상당히 어려운 일인 것 같지만 어쩌면 아주 쉬울 수도 있다. 나 한 사람이 깨어나면 되는 일이다. 한 가지 중요한 사실은 1, 2세대는 정부와 관이 주도한 일이었다면 이것은 국민 스스로가 해야 한다는 것이다.

나라의 주인인 국민의 의식 전환이 절실한 시점이다. 그 의식 전환의 중심이 바로 '배려'이다.

그러면 배려는 과연 무엇인가?

배려(配慮)를 한자로는 "내 짝처럼 다른 사람을 생각함"이라고 하고, 사전에서는 "도와주거나 보살펴주려고 마음을 씀"이라고 되어있다.

배려가 그렇게 간단한 것일까?

필자는 그렇게 생각하지 않는다. 그렇지 않고 아주 다양한 의미를 포함하고 있다. 그래도 한마디로 표현해야 한다면 "말과 행동을 상대방 입장에서 살피면서 하는 것" 정도로 표현할 수 있다. 성경 말씀에는 "내가 대접받고 싶은 대로 남을 대접하라"라고 한다. 그것이 바로 배려다.

또한 무엇보다 중요한 것은 행동이다. 행동하지 않고 생각만 하는 것은 배려가 아니다. 생각만 해서는 상대에게 전달이 되지 않기 때문이다.

필자가 배려를 이야기하고 배려가 세상을 바꾼다고 강조하는 이유가 바로 이것 때문이다. 행동을 해야 다른 사람에게 전달된다. 그 행동 하나하나가 이어졌을 때 세상이 아름답게 바뀌는 것이다.

세상에는 배려해야 할 대상이 너무도 많다.

교통질서, 공중도덕을 지키는 것도 배려이고 약자를 보호하는 것도 배려이다. 사회 전반의 많은 것들이 배려의 대상이다.

그런데 우리는 여태껏 배려를 모르고 살았다. 모르는 것이 아니라 애써 무시하고 살았다고 해야 맞을 것이다. 알면서도 모른 척하며 살았던 거다. 손해였으니까. 배려하고 양보해서 좋은 일은 없었다. 어리석다는 손가락질만 받지 않으면 그나마 다행.

물론 세상에는 배려라는 단어를 전혀 모르는 사람도 많다. 자기 생각만 한다. 남녀노소, 지위고하, 지식의 유무를 떠나서 남의 입장을 헤아릴 줄 모르는 사람들이 너무 많다. 그러니까 '내로남불'이라는 아주 재미있는 신조어가 생겨나는 거다.

나 자신도 배려를 모르고 살았다. 남자라는 이유로, 젊다는 핑계로, 남 의식하지 않고 내 주장만 내세우면서 그렇게 세상을 한쪽만 보며 살았다. 그렇게 나이가 들어가면서, 모진 풍파를 마주치면서 조금씩 알아가고 있다. 좀 더 일찍 알았더라면, 좀 더 멀리 보고 크게 볼 수 있었더라면, 하는 안타까움과 함께. 그렇게 세상을 몸으로 배웠고 또 그렇게 배워가고 있다.

그래서 그 이야기를 하는 것이다. 그 이야기를 자라나는 후배들에게 해주고 싶다.

세상에 좋은 말 하는 사람은 많다. 좋은 말 하고 좋은 글 쓰는 사람은 많지만 그렇게 행동하는 사람은 잘 안 보인다.

어른이 없다. 권력 앞에 쓴소리하고 젊은이의 잘못을 바로잡아줄 수 있는 어른이 없다. 스스로 당당하지 못하기 때문이다. 당당하지 못한 어른이 나이가 들었다고 다 어른은 아니다.

이제는 깨어나야 할 때이다.

지금이 아니면 영원히 깨어나지 못할 수도 있다. 어른이 나서서 세상의 중심을 잡아줘야 한다. 그래서 세상은 아직도 살만하다는 사실을 방황하는 젊은이들에게 일깨워주어야만 한다.

우리나라가 선진국이 되었다는데 이제는 그 선진국의 면모를 스스로 보일 때다.

국민 의식의 선진화, 그 의식 전환의 중심인 배려! 배려를 실천할 때이다.

남을 원망해서는 안 된다. 내가 바로 세상의 주인이다. 내가 먼저 변해야 한다. 내가 먼저 변하면 세상도 나를 따라 아름답게 변할 것이다.

내 친구

15여 년 전, 여러 힘든 일을 한꺼번에 겪었다.

왜 어려운 일은 한꺼번에 오는지 의문을 가질 겨를도 없이, 폭풍처럼 닥쳐오는 힘든 시간이었다. 그래도 잘 견디며 여기까지 와 있다고 자위해 보면서, 지금 이렇게 살아있음을 고마워하게 되는 오늘이다.

처음부터 가진 것 없어서 여유롭게 나누며 살진 못했지만, 그마저도 실패를 거듭하다 보니 주변이 많이 변했다. 말 그대로 가진 것 하나 없이 빈털터리가 되었다. 그러다 보니 자연스레 주변 사람들이 떠나가고 또 변해간다.

물론 그들이 변한 건 아닐 것이다. 그들은 그대로 있는데 나의 마음이 그렇게 느껴지는 것일지도 모른다.

덕분에 많은 걸 배운다. 주변 사람들의 나를 대하는 인식, 친구의 속마음, 이런 것들은 아무리 많은 돈을 투자해도 알 수 없는, 체험해 보지 않으면 모르는 살아있는 가르침이다.

그래서 나도 내 나름의 주변을 정리한다. 내가 즐길 수 있는 일을 하고, 나와 함께 마지막까지 갈 수 있는 사람들과 어울리고 싶다. 그 마음으로 친구를 사귀려 한다. 그러다 보니 자연스레 주변 사람들이 많이 바뀌어간다.

마음으론 그렇게 준비했지만, 세상살이 마음먹은 대로 되지 않는다고 생각했었는데 그게 아닌 모양이다. "간절하게 원하면 이루어진다."라고 했는데 그 말이 진실이라는 걸 최근에 와서야 알게 된다.

만나는 친구들이 바뀌었다. 내가 돈이 없어도 밥을 사고, 술을 마시지 않아도 술좌석에 불러주고, 나의 외로움을 자기 일처럼 걱정해 주는 친구들이 생겼다.

최근에 사귄 친구가 아니라, 내가 어렵다는 사실을 알고 더 가깝게 다가오는 친구이기에, 그 진심을 알 것 같아 더욱 고맙다.

몸에 암을 몇 개씩 가지고 있는 친구 둘이 있다.

둘이 합쳐서 혈액암을 비롯해 대여섯 개 정도의 암을 지니고 있으면서 지금은 많이 좋아졌다고 하지만 아직도 치료 중이다.

그래도 술을 마신다. 거의 하루도 빠지지 않고 술을 마시며 서로를 위로한다. "우리 둘 누가 먼저 죽더라도 서로를 원망하지 말자" 그렇게 별걱정 없이(?) 술을 마시는 친구들. 술을 마시면 몸에(특히 암 환자에게) 안 좋다는 건 본인뿐만 아니라 세상 모든 사람이 다 아는 사실이다.

하지만 이들은 그렇지 않다. 술을 마시지 않으면 죽을 것 같다. 물론 잘못된 생각일수 있겠지만, 제삼자인 나의 눈에 비친 그들은 분명 그렇다.

술을 마시지만 그냥 마시는 것 같지는 않다. 인생을 마시는 것이다. 술과 함께 친구를 만나고 친구와 더불어 세월을 이야기한다.

이 친구들 외관으로 보기엔 아직도 건강하다. 건강하게 자기 일도 열심히 한다. 오히려 아프기 전보다 일을 많이 하는 것 같다.

아무리 술을 좋아해도, 혹은 알코올 중독자라도, 몸에 큰 병이 있다는 진단을 받으면 대부분 술을 끊는다고 하는데 참 신기한 친구들이다. 물론 이들은 중독자가 아니다.

자기의 힘든 일은 우리는 모른다. 전혀 내색하지 않기에 가까운 친구조차도 모를 수밖에 없다. 하지만 남의 어려움은 그냥 지켜보지 못한다. 있으면 모든 걸 내어주고 없는 것도 만들어서 내어준다.

그렇게 한평생 살다 보니 지금은 살기가 많이 어려운 것 같다. 본인은 내색 안 하지만 가까이서 지켜보니 그렇다는 말이다.

그래도 항상 즐겁다. 누가 봐도 여유가 있어 보인다.

요즘 세상, 눈을 씻고 찾으려 해도 찾을 수 없는 그런 사람이다. 험한 세상에 이런 사람이 있다는 건 가뭄에 단비 같은 축복이라 말하고 싶다. 이 사람들이 내 친구라는 사실, 앞으로도 이런 사람과 함께 살아갈 수 있다는 사실로 행복하다.

내 생이 다하는 날 이런 친구들과 함께했다는 사실만으로 "이번 소풍은 참 즐거웠다" 말할 수 있을 것 같다.

마산, 마산 정신

나는 마산 사람이다.

마산에서 태어나지는 않았지만, 초등학교 저학년 시절부터 마산에서 살아온 마산 사람이다.

나는 내 고향 마산을 사랑한다. 그래서 마산을 이야기하고 그래서 '마산 정신'을 말하고자 한다. 이 책을 읽으시는 독자 중에는, 마산이란 지명을 모르는 분도 계실 것이다.

지금으로부터 14년 전인 2010년, 어떤 의미의 통합인진 아직도 잘 모르겠지만, 정치인들의 야합에 가까운 행정으로 마산, 창원, 진해를 합쳐 통합창원시가 탄생했다. 그로부터 14년이 지난 지금, 그 이후에 태어났거나 어린 친구들은 모르는 게 어쩌면 당연한 일일 수도 있다.

시의 이름이 창원으로 바뀌었으니, 마산이란 지명은 어디에서도 찾아보기 힘들다. 심지어 마산에 있으면서 마산 사람들이 자랑스러워하는 야구장의 명칭도 창원야구장이다. 지금의 마산 이란 지명은 창원시 마산 ○○구 정도의 복잡한 명칭으로 남아 있을 뿐이다.

마산 정신을 이야기하려면 우선 3.15의거를 말하지 않을 수 없다. 불의(不正選擧)에 항거하며 마산 시내 고등학생들이 주동이 되어 일어난 진정한 義擧이다. 희생자 대부분이 학생이라는 사실이 이를 대변한다.

그 사건을 계기로 4.19가 일어나고 결국 이승만 대통령의 하야까지.

건국 이후 진정한 민주화운동인 3.15 마산의거가 '마산' 지명의 소멸과 함께, 폄하되고 사장되어가는 것 같아 안타까운 심정이다.

하지만 지명이 없어졌다고 그 정신마저 사라졌다고 생각하진 않는다. 마산의 정신은 오히려 더 살아나고 있다고 확신한다. 불의에 항거하던 마산의 정신은 위기일 때 더 강력해지기 때문이다.

마산이 일어나면 정권이 바뀐다고 한다. 앞에서 말한 3.15의거가 그랬고 부마항쟁이 그랬다. 그만큼 마산 정신을 얘기할 때 불의에 투쟁하는 저항정신을 떠올리기 쉽겠지만, 그것이 전부는 아니다.

정의를 추구하고 그래서 불의에 분연히 일어나는 저항정신이 지배하고 있는 것은 맞겠지만, 마산 정신은 분명 그보다는 훨씬 더 깊은 의미를 지니고 있다. 권력에 시달리고 삶에 쪼들리지만, 정의롭고 인정 많은 사람이 아직도 곳곳에서 살아있고, 사람 냄새나는 내 주변 친구들도 있다.

마산이 이렇게 핍박받는 이유는 의외로 간단하다.

세상이 바뀌었기 때문이다. 약삭빠르고 영악한 사람들이 세상을 지배하다 보니, 그 시류를 어리석은 마산 사람들은 따라가지 못했기 때문이다.

그러니까 마산의 침체는 어쩌면 마산 사람들이 자초한 일일 수도 있는 일이다. 그래서 누구를 원망하고 탓할 생각은 없지만, 세상이 영원히 이렇게 흘러간다고 생각하면 절망이다. 물론 그럴 리야 없을 거고 그렇게 되지도 않을 것이다.

그런 것들은 격동기 혼란기에 잠시 스쳐 지나가는 과도기적인 현상일 뿐, 대한민국의 이념은 아니기 때문이다.

살기 위해서 어쩔 수 없이 횡행하던 거짓과 불의는 일부 악인들의 전유물이 되고, 배려와 진실과 정의가 진정으로 존중받는 시대가 도래했을 때, 그때 비로소 마산이, 마산 정신이 다시 한 번 찬란하게 빛날 거라 확신한다.

○

세상을 바꾸는 사람들

대한민국이 세상의 중심 국가가 될 것이라고 한다. 또한 우리 나라에서 세상을 리드하는 100인의 의인이 나타날 거라고 한다.

오래전 그런 이야기를 듣고 긴가민가했었는데, 이제는 그 이야기가 현실에 가까이 다가온 느낌이다. 물론 우리가 모르는 많은 사람이 있을 수 있겠지만 우선 생각나는 몇 분을 떠올려 본다.

모두가 좁은 소견의 필자 개인의 생각이라는 걸 밝히면서, 실명을 거론했기에 혹시라도 명예에 누가 되지 않기를 빌어본다.

김형석

연세대 명예교수님. 이분은 1920년 출생이시니까 올해 104세. 아직도 간간이 방송에 출연해서 강의도 하신다. 정말 대단한 어른이시다.

말로만 하는 백 세 시대가 아닌 직접 몸으로 보여주시는 건강한 백 세가 정말 고맙다. 건강관리만 잘하면 누구든지 건강하게 백 세를 살 수 있다는 걸 말이 아닌 행동으로 보여주신다.

덕분에 나 또한 이분처럼 건강한 노후를 살 수 있으리라는 희망을 가져본다. 대한민국의 백 세시대를 응원한다.

박정하

이분을 잘 모르시는 분도 많을 것이다. 2022년 경북 봉화군 아연 채굴광산에서 고립되어 221시간 만에 극적으로 생존하신 분 중의 한 사람이다. 그 많은 시간을 견디며 생존해 돌아왔다는 것도 놀라운데 그것보다는 오히려 생존 후에 그가 보여준 행동이 더 놀랍다.

나올 때부터 병원에서 여유 있게 말도 잘하더니 TV에 출연해서도 말을 정말 잘한다. 원래부터 방송인 연예인이 아님이 분명한데, 후배를 다독이며 같이 생존할 수 있었던 과정을 담담하게 풀어나가는 모습을 보면서, 그런 소신이 있기에 기적도 가능하다는 사실을 실감한다.

아직도 안전 불감증인 이 나라에 안전의식을 고취하는 전도사가 된다면 정말 고맙겠다는 생각이다.

안철수

정치인 정치를 하기 전에 경제인, 과학자, 의사로서 사회에 많은 기여를 했다(자세히는 모르지만 그렇게 알고 있다). 이분은 정치인이라고 말하기엔 애처로울 정도로 정직하다. 정직하다 못해 어리석다. 대통령 선거, 서울시장 선거 등에서 정치꾼들에게 이용만 당하고 있다.

아직은 정직한 사람이 이용당하는 세상이다. 또한 정치인은 정직한 사람이 없다는 게 내 생각이다. 하지만 세상은 분명 바뀐다. 이런 사람이 정치의 높은 곳에서 뜻을 이룰 수 있을 때, 대한민국의 현재와 미래를 말할 수 있을 것이다.

이회창

판사와 감사원장 국무총리를 거쳐 대통령에 출마했다가 낙선하신 분. 정말 정의로우신 분. 대쪽이란 소릴 들으며 대통령에게도 반기를 들었던, 그 당시로는 상상하기 힘든 언행의 소유자셨으나, 대한민국이 아직 이런 분을 대통령으로 포용할 수 있는 시대가 아니었던 것 같다.

하지만 언젠가는 대한민국에 이런 정의로운 지도자가 분명 나타날 거라 믿는다.

오늘 아침 왠지 글을 쓰면서 화가 난다.

여기엔 쓰지 못하지만, 정말 인간 같지 못한 정치인들이 생각나서이다.

그런 사람들이 높은 곳에서 세상을 좌지우지하고 있다. 그래서 세상을 바꾸어 버릴 것처럼. 문제는 그런 사람을 추종하는 세력이 많다는 것이다. 거짓을 추종하고 악을 따르는 세력이 많아지면 언젠간 세상이 그렇게 바뀔지도 모르겠다. 이런 생각을 하게 되는 나 자신이 부끄럽다.

사실 대한민국에 거짓이 횡행한 지는 오래되었다. 부끄럽지만, 반만년 내려온 의식의 뿌리가 거짓일 수도 있겠다고 생각한다. 하지만 진실과 정의에의 추구가 옳다는 것 또한 모르는 사람은 없을 것이다. 이제는 그 의식의 흐름을 바로잡을 때이다.

그렇게 했을 때야말로 대한민국이 세계 일류 국가라 불릴 것이고, 우리가 후대에서 자랑스러운 선조가 될 수 있을 것이다.

기회는 준비된 자에게

"기회는 언제나 쏜살같이 지나간다. 지나가고 나서야 겨우 모습을 볼 수 있으면 그나마 다행이다. 다가온 기회를 붙잡을 수 있는 사람이 있다면 그 사람은 엄청난 능력자이거나 정말 큰 행운을 타고난 사람이다."

모두가 그렇게 생각하지만 사실은 그렇지 않다. 그렇게 매정하지도, 그렇게 쌀쌀맞지도 않게 우리에게 다가온다. 그래서 우리에게 알려준다. "나 여기 왔노라"라고. 다만 우리가 그것을 인식하지 못할 뿐이다.

기회는 '선택'과 맞물려 있다.

세상을 살다 보면 많은 선택을 하게 된다. 좋은 선택일 수도 있고 그렇지 못할 수도 있겠지만, 알게 모르게 행해진 그 수많은 선택이 쌓여서 인생이 만들어지는 것이다.

그러니까 인생은 선택이 답이다. 젊었을 때의 조그만 선택 하나가 인생 전체를 완전히 다른 삶으로 만든다는 사실을 나이가 들면 알게 된다. 그렇게 결국 선택이 인생이 된다. 우리는 그것을 운명이라 말하기도 한다.

그런데 우리는 살면서 조그만 선택 하나하나를 신중히 결정하지는 못한다. 그냥 그렇게 지나가 버리는 경우가 대부분이다. 설령 신중한 선택을 했더라도, 그 선택이 기회가 될지 위기가 될지는 그때는 잘 모른다. 지나고 나서 돌이켜보게 되는 것이 선택이고 기회이다.

그렇게 기회는 선택을 통해 그 존재를 알려주기도 하지만, 또 다른 방법으로도 항상 우리 주변을 맴돈다.

'준비'하는 것이다.

기회가 우리에게 엄청난 영광을 가져다줄 것이라는 사실은 잘 알지만, 아무나 그 기회를 잡을 수 없다는 것도 모두가 아는 사실이다.

자주 오지도 않고 아무에게나 다가가지도 않는 것이기에 내가 먼저 그를 영접할 준비를 해야 한다. 그런 준비된 사람에게는 언제든 다정히 손 내미는 것이 기회이기 때문이다.

준비라는 건 별것 아니다. 늘 긍정의 마음으로 주어진 일에 최선을 다하면서 보다 성장한 나를 꿈꾸는 것이다. 그렇게 몸과 마음을 단련해 나간다면 어느 순간 나도 모르는 사이에 다가온 기회라는 보물을 만날 수 있을 것이다.

10년이 걸릴지, 20년이 걸릴지 모른다. 준비가 됐다면 조급할 일은 아니다.

인생을 통틀어 세 번의 기회가 온다고들 얘기하는데, 그것조차도 준비되지 않으면 아무 소용이 없는 것이다. 진수성찬이 나와도 먹지 못하는 사람이 있다.

그렇게 기회는 선택이란 형태로 다가오기도 하지만, '행운'이라는 또 다른 모습으로 나타나기도 한다.

하지만 그런 행운도 '준비된 자'만이 가질 수 있는 것이다. 준비되지 않은 사람이 행운을 얻는다는 건 순간의 허상에 불과할 수밖에 없다. 로또 당첨자 모두가 행복한 삶은 살았다는 이야기는 들어본 적 없다.

준비하고 노력하는 과정에서 조그만 선택 하나하나를 신중히 결정하고 자신을 독려해 나간다면, 머잖아 나도 모르는 사이에 그 선택들이 옳은 선택으로 이어지고 힘이 되어 더 큰 기회로 나타나리라 확신한다.

배려가 세상을 바꾼다 · 2

오래전 '배려'라는 단어가 내 머릿속에 들어오기 시작하면서 왠지 일본과 비교되는 것 같아 싫었지만, 그럴수록 계속 머릿속을 맴돌더니 이제는 내 생활의 일부분이 되어 버렸다.

그보다 더 오래전 초중학교 다닐 무렵, 학부모들이 남자아이의 고추를 자랑이라도 하듯이 남들 앞에서 오줌을 누이는 것을 종종 보았다. 내게는 썩 보기 좋은 모습이 아니었다. 때마침 일본에는 주변에 피해가 되기 때문에 그런 모습은 볼 수 없다는 말을 듣고는, 그 차이에 대한 의문을 가졌었다.

물론, 그때는 그것을 깊이 생각할 나이도 아니었지만, 크면서 그런 의문은 항상 지니고 있었다.

왜 일본은 잘 살고 우리는 못 사는 걸까?

왜 일본은 선진국이고 우리는 후진국일까?

왜 일본은 모든 사람이 부러워하고 존경하는 대상이고

우리 한국은 이름조차 모르는 나라일까?

여러 가지를 생각하다 보니 결국은 배려를 떠올리게 된다.

일본은 생활에 정착되어 그것이 그들의 문화처럼 되어있는데, 우리는 거추장스러운 존재로 남아있다. 그것이 일본과 우리의 차이다.

일본을 폄훼하자는 것은 아니지만, 이제 우리가 그들에 비해 모자랄 것은 없다. 백년이 지나도 못 따라갈 것이라던 경제력도 거의 다 따라왔고, IT 기술력 등은 우리가 추월한 지 오래다. 또한 우리는 모두가 인정하는 문화선진국이다.

하지만 안타깝게도 이 '배려'라는 의식만큼은 아직도 많이 부족하다. 그래서 배워야 한다. 가까이 있기 때문에 배우기도 쉽다. 모르면 따라 하면 된다. 이것만 제대로 배워서 실천할 수 있다면 우리는 일본을 뛰어넘어 세계 제일가는 나라가 될 수 있을 거라고 확신하기 때문이다.

다행히 요즘은 배려라는 단어를 종종 보게 된다. 지하철 광고판에서도 보이고 승용차 뒤 유리창에 스티커로 붙여져 있기도 하다. 그래서 배려가 어떤 의미인지 대략은 아는 것 같다.

필자는 올해로 정확히 21년 동안 쉼 없이 산에 다니고 있다.

그러면서 체력을 다지고 있다. 그러다 보니 스스로 생각해도 건강한 편이다. 그전보다 오히려 건강해진 것 같다.

처음에는 당연히 내 건강을 위해서 다녔다. 그렇게 몇 년을 다니면서 많은 생각을 하게 된다. 혼자 산을 다니면 많은 생각을 할 수도 있고 또 그 생각을 정리하는 시간이 있다는 게 좋은 점 중 하나이다.

내가 산을 다녀서 건강해지면 당연히 내가 좋은 것인데, 그다음에는 사랑하는 내 가족의 마음이 편해진다는 것이다. 나의 건강 나의 행복이 가족에게 미친다는 생각에 이르자, 가족을 위해서라도 내가 건강해야겠다는 책임이 느껴진다.

아무것도 가진 것 없고 그래서 자식들에게 물려줄 것 전혀 없다. 그것을 잘 아는 자식들이지만 그래도 아버지에 대한 원망 같은 건 없는 것 같아 다행이다.

하지만 그것도 건강할 때일 거다.

내가 건강하지 못하고 병원 신세나 지게 되는 경우가 생긴다면?

모든 부담을 자식들에게 지우게 된다는 건 생각만 해도 끔찍한 일이지만, 그런 날이 오지 않는다고 보장할 순 없는 일이다. 그렇긴 해도 내 노력 여하에 따라 그 시기를 늦출 수는 있을 것 같다는 생각에 이른다.

그래서 운동을 계속하게 된다. 내가 건강하면 내 주변 가장 가까운 사람들이 더불어 행복해진다는 사실, 그 사실을 인식했을 때는 생의 그 어느 행복한 순간에 못지않은 희열을 느꼈다.

이것이 배려 아니겠는가.

내가 배려해서 내가 좋아지고 상대도 기쁜 일, 이것이 배려의 기본이다.

운전하면서 상대를 배려하면 내가 안전해진다. 교통질서와 공중도덕을 지키면 여럿을 배려하는 것이다. 노약자의 입장을 생각해서 하는 행동은 선행이다.

상대가 싫어하는 일을 하지 않는 것을 넘어 상대가 좋아하는 일을 할 수 있다면, 그것은 정말 멋진 일이다.

아직도 우리 사회엔 배려가 많이 부족하다. 그래서 오히려 지금 내가 하는 조그만 배려가 상대를 많이 기쁘게 할 수 있다.

배려는 그렇게 모두를 기쁘게 할 수 있는 일이다.

내가 세상을 바꾸자.

분명히 할 수 있는 일이다. 내가 먼저 시작해서 누군가를 기쁘게 한다면 상대도 그 고마움을 잊지 않고 따라 할 것이다. 그렇게 가까운 곳에서부터 이어진다면 세상이 바뀌는 것도 오래

걸릴 일은 아니다.

그리하여 배려로 가득한 선진의식의 대한민국에서 내가 살아가고, 그 아름다운 세상을 후손에게 물려줄 수만 있다면, 내인생 참 잘살았다고 말할 수 있지 않겠는가.

그래도 희망을 말하고 싶다

요즘의 우리나라 사람들 예전에 비해 교통질서를 상당히 잘 지키는 것 같다. 신호를 잘 지키고 속도위반을 잘 하지 않는다.

제대로 된 선진의식의 질서처럼 보인다. 그런데 이렇게 된 이유를 살펴보면 재미있다.

감시 카메라 덕분이다. 곳곳에 거미줄처럼 설치되어 있는 카메라를 의식해서 질서를 잘 지킬 수밖에 없는 것이다. 혹시 카메라가 없는 곳이라도 수시로 사진을 찍어서 고발하는 사람들이 있기 때문에, 위반은 어지간한 강심장이라도 범하기 어려운 세상이다.

이것은 사실 좋은 현상이다. 이렇게라도 습관이 된다면 자연스레 교통질서가 좋아질 것은 당연한 일이다. 필자가 이렇게 단정 지어서 말하는 이유가 있다.

자동차의 질서는 많이 나아졌지만, 보행자의 질서 의식은 아직도 옛날 수준을 벗어나지 못하고 있다. 번호판이 없고 그래서 사진에 찍힐 염려가 없어서 인지는 모르겠으나, 아직도 무단횡단과 신호를 무시하는 모습을 자주 목격한다.

무언가가 지켜보고 있으면 법을 준수하고, 그렇지 않으면 전혀 다르게 변한다. 이것이 선진국이라는 대한민국 국민의 질서이고 양심이다.

도덕의 실종이 심각하다. 경제가 많이 좋아지고 살기가 편해졌지만, 도덕은 너무나 초라해졌다. 이렇게 가다간 대한민국에 도덕이란 개념이 사라질지도 모른다.

양심의 실종은 더 큰 문제이다.

내 양심을 감시카메라 하나에 팔려는가? 카메라가 지켜보고 있는 곳에서만 지키는 양심이라면 그것은 양심이 아닐 것이다.

내 인생을 남의 눈치를 보면서 남의 눈으로만 산다면 나 자신은 어디에 있는가? 그렇게 평생을 산다면 그것을 어떻게 인간의 삶이라 말할 수 있겠는가?

그것은 인생의 실종이다.

도덕이 실종된 나라에 미래는 있을 수 없다.

정의와 상식을 바탕으로 법을 만든다지만, 그 법이라는 것이 정의와 상식 그러니까 도덕이 실종되다 보면, 법은 있어도 아무

소용이 없다는 걸 알게 된다. 대한민국이 지금 그런 나라를 향해 달려가는 것 같아 안타깝다.

세상을 살다 보면 알게 되는 것 중 한 가지. 비교적 정직한 사람은 남들도 정직하다 생각하고, 거짓된 사람은 상대를 못 믿고 의심한다.

작금의 대한민국 사람들은 어떤가. 남을 믿는 편인가? 아니면 모두를 의심하는 편인가?

단언컨대 후자에 가까울 것이다. 부모가 자식을 믿지 못하고, 친구가 친구를 배신하고, 가까운 이웃을 의심하는 세상이다.

그렇게 믿음이 실종된 세상이다. 이런 세상에서 미래를 논한다는 것이 어쩌면 어리석은 일일지 모르겠으나, 내 자식 그 후대가 살아갈 세상을 걱정하지 않을 수 없는 것이 초로(初老)의 노파심이었으면 차라기 좋으련만…

갑자기 잘살게 되면서 '어글리 코리안'이라는 좋지 않은 말도 들어봤고, 외환위기 때 금모으기 등으로 세상을 놀라게도 해봤다. 그리고 이제는 선진국이라 불리며 세상의 부러움을 받는 나라로 변모했다.

이것이 작금의 대한민국이다.

여기서 이대로 만족하며 머물 것인가. 아니면 진정한 세계 일류 국가로 도약할 것인가. 아니면 또다시 후진국으로 되돌아갈 것인가.

국민 의식의 선진화가 절대적으로 필요한 시기에, 선진화는 커녕 또다시 퇴보하기만 하는 우리의 안타까운 현실을 바라본다. 대한민국에서 칠십 평생을 살아온 내 조국을 사랑하는 국민의 한 사람으로서, 흐르는 눈물을 주체하지 못하고 글을 마감한다.

에필로그

『배려가 세상을 바꾼다』로 세상에 인사를 드린 지 4년.

이제 그 후속편 『배려가 세상을 바꾼다 2』를 선보이려 합니다.

후속편을 출간하면서 전편도 개정판으로 새롭게 출간했습니다.

내용은 전편과 별반 다를 바 없습니다. 그래서 제목도 그대로입니다.

세상에 하고 싶었던 이야기, 꼭 해야만 되겠다고 생각한 이야기, 전편에 뭔가 부족했던 이야기들을 썼습니다.

대한민국이 세상에서 제일가는 나라가 될 것이라 확신합니다.

제 생애에 그런 세상을 볼 수 있을 거라고 장담할 순 없지만, 언젠간 그렇게 될 거라고 확신하는 사람입니다.

그런데 요즘의 모습을 보면 제가 허황된 꿈을 꾸고 있는 것이 아닌가 하는 생각이 들기도 합니다. 출산하지 않아 머잖아 사라지는 나라가 될지도 모른다고 하고, 그나마 분단된 나라가 또다시 두 개로 쪼개진 것 같은 느낌이 들기도 합니다.

이 모두가 더 높이 도약하기 위한 과정이라고 이해하고 싶습니다. 개인과 국가 모두가 뼈를 깎는 아픔을 감내해야만 하는 시기로 접어든 것 같습니다.

그래서 많이 생각하고 많이 공부해야 합니다.

부자나라에서 태어난 젊은이는 젊은이대로, 가난한 나라에서 태어나 상상하지 못한 부를 경험하고 있는 늙은이는 늙은이대로, 나 자신의 행복뿐만 아니라, 내 삶이 미래세대를 위해 무엇을 남길 것인지 다시 한번 생각해 보는 시간을 가졌으면 합니다.

그런 눈으로 제 책을 읽어주신다면 조금이나마 공감할 수 있지 않을까 생각합니다.

이제 대한민국은 마음만 먹으면 못 할 것이 없는 나라입니다.

지금 자기 모습이 조금은 초라할지 몰라도, 10년 혹은 20년 후의 완전히 달라진 내 모습을 상상하면서, 필요하다면 눈높이를 조금 낮추고, 더 적극적으로 세상을 살아가십시오. 그것은 남이 해줄 수 없습니다. 내가 해야 합니다.

나의 미래를 개척하는 데 필요한 건 '의지' 이것 하나면 충분합니다.

한번 사는 세상 성공자의 삶을 살아야 합니다.

내가 성공하는 것이 내 주변을 행복하게 하고, 더 나아가 세상에 기여하는 일입니다.

　글을 쓰는 데 많은 모티브를 제공해 주시고, 여러 가지로 도움을 주신 청주여자교도소에 수감 중이신 조영선(가명) 님께 감사드리며, 친구 정태수, 이장우 군에게도 깊은 감사의 말씀을 드립니다.
　독자 여러분의 무궁한 발전을 기원합니다.

2024년 11월

가산(駕山) 최재홍(崔載弘) 드림

배려가 세상을 바꾼다 2

최재홍 지음

발행처	도서출판 **청어**
발행인	이영철
영업	이동호
홍보	천성래
기획	육재섭
편집	이설빈
디자인	이수빈 ǀ 김영은
제작이사	공병한
인쇄	두리터

등록   1999년 5월 3일
         (제321-3210002510019990000063호)

1판 1쇄 발행 2024년 11월 30일

주소   서울특별시 서초구 남부순환로 364길 8-15 동일빌딩 2층
대표전화 02-586-0477
팩시밀리 0303-0942-0478
홈페이지 www.chungeobook.com
E-mail   ppi20@hanmail.net

ISBN   979-11-6855-302-6(03810)